VOUS RÊVEZ, MAÎTRE

DU MÊME AUTEUR

Romans

L'OGRESSE - *Publibook 2003*
LA COUGAR - *BoD 2016*

Théâtre

SACRÉ JEAN-FOUTRE – *BoD 2017*

JEAN-GABRIEL GOBIN

VOUS RÊVEZ, MAÎTRE

Comédie en 5 actes

© 2020, Jean-Gabriel Gobin
Éditeur : BoD — Books on Demand,
12-14 Rond-Point des Champs Élysées, 75008 Paris, France
Impression : BoD - Books on Demand, Allemagne

ISBN : 9782322253418

dépôt légal : octobre 2020

PERSONNAGES

L'AUTEUR

CLARA, seconde femme de Claude
JULIEN, fils de Claude
GEORGES, fils de Clara
CÉLINE, nièce de Claude

ROBERT, amant de Clara
LE NOTAIRE
LA BONNE, personnage invisible

*

AGRIPPINE jouée par CLARA
BRITANNICUS joué par JULIEN
NÉRON joué par GEORGES
JUNIE jouée par CÉLINE
PALLAS joué par ROBERT
LE MESSAGER joué par LE NOTAIRE

PREMIER ACTE

Le bureau de l'auteur. Mobilier de style, bibliothèque garnie de magnifiques reliures. L'ensemble respire le bon goût et le luxe.
Quand le rideau se lève, la scène est vide.
Entre l'auteur vêtu d'une veste d'intérieur.

L'AUTEUR

Qu'on ne me dérange sous aucun prétexte : je travaille.

Il va s'asseoir à son bureau, très digne. Un instant rêveur, il tapote sur son sous-main. Un bruit de cireuse électrique, dans le couloir, le fait sursauter.

Ah non ! Ça ne va pas commencer.

Il bondit, et crie par la porte qu'il entrouvre :

Arrêtez-moi ça !

Le bruit s'arrête net.

VOIX DE LA BONNE

Mais Monsieur, c'est la cireuse.

L'AUTEUR

Je m'en fous. Aller cirer ailleurs. Aller cirer dans le jardin.

VOIX DE LA BONNE

Dans le jardin ?

L'AUTEUR *crie.*

Oui. (*Il referme la porte et retourne s'asseoir.*) Non, mais alors. Jamais moyen d'être tranquille dans cette maison. Un coup c'est la cireuse, un coup c'est le téléphone…

Le téléphone sonne. Il décroche, furieux, et hurle :

Allô! … Non Monsieur, c'est une erreur. D'ailleurs, je n'ai pas le téléphone.

Il raccroche brutalement.

Étonnez-vous que le théâtre contemporain soit si mauvais. Comment voulez-vous travailler dans des conditions pareilles ? Pas étonnant que Molière n'ait pondu que des chefs-d'œuvre. Il n'était pas dérangé toutes les cinq minutes par leurs engins électriques, lui. Ce n'est pas difficile d'écrire de bonnes pièces quand on a la paix. (*Il soupire.*) L'heureux homme. Il ne connaissait pas son bonheur. Et on appelle ça le progrès. (*Il hausse les épaules.*) Enfin !

Il ouvre un dossier, fait tourner quelques feuilles volantes déjà remplies, s'arrête à une page vierge et écrit :

Acte deux.

Il repose sa plume et contemple sa feuille.

Bon début.

Il réfléchit un peu et ajoute :

Même décor.

Il repose de nouveau sa plume et réfléchit encore puis commente après un temps :

Évidemment, jusque-là, rien à redire. Seulement ça fait court.

Il s'exclame :

Bon Dieu ! Quelle chierie ce théâtre. Nom d'un chien, j'aurais mieux fait d'écrire des romans. Là, au moins, quand j'étais à court d'idées, une page de description et le tour était joué.

Il soupire, revient aux premières pages de son manuscrit qu'il commence à relire.

La porte s'ouvre. Le notaire introduit Julien, un garçon d'une vingtaine d'années.

LE NOTAIRE, *désignant un fauteuil à Julien.*

Si vous voulez vous asseoir. Je pense que les autres membres de votre famille ne tarderont plus arriver. J'ai convoqué tout le monde pour dix heures, mais je crois que vous êtes un peu en avance.

JULIEN

C'est une des choses que mon père m'avait apprises : l'exactitude. C'était un de ses grands principes : il était ponctuel.

LE NOTAIRE

C'est exact. Monsieur de la Pétaudière était la ponctualité en personne. *(Un temps.)* Quelle tristesse cette disparition soudaine. *(Encore un temps. Il paraît gêné.)* Je voulais vous dire… J'estimais beaucoup monsieur votre père. La nouvelle de sa mort m'a personnellement beaucoup affecté.

JULIEN, *ému.*

Je vous remercie.

LE NOTAIRE

Il me faisait l'honneur de ne pas me considérer seulement comme son notaire, mais bel et bien comme son ami et je suis de ceux qui savent combien son amitié était précieuse. *(Un temps, il ajoute :)* Il vous aimait beaucoup vous savez.

JULIEN

Je sais.

LE NOTAIRE

Bien sûr, il a pu se tromper, mais après tout, qui ne commet pas d'erreurs ?

JULIEN, *interloqué.*

Quelles erreurs ?

LE NOTAIRE, *embarrassé.*

Je ne sais pas. Je voulais dire : tout le monde se trompe. Je suppose que cela a dû lui arriver aussi. Mais il est une chose dont je suis certain, c'est qu'il était profondément intègre.

JULIEN, *rêveur.*

Oui.

LE NOTAIRE

Dire que sans ce soi-disant accident…

JULIEN

Pourquoi « soi-disant » ?

LE NOTAIRE, *rectifie aussitôt.*

Je veux dire : ce stupide accident.

L'AUTEUR, *qui avait dressé l'oreille, lâche, rassuré :*

Ah bon !

Un silence.

LE NOTAIRE *demande.*

Vous comptez vous établir par ici ?

JULIEN

Je ne sais pas encore. Je vais réfléchir.

LE NOTAIRE

Il est vrai que l'Angleterre a ses charmes. Ah ! Vous êtes jeunes. Vous avez l'avenir devant vous. À votre âge on se fait à tout.

L'AUTEUR, *rectifie son manuscrit.*

On s'habitue à tout.

LE NOTAIRE *reprend sans sourciller.*

À votre âge on s'habitue à tout.

Sonnerie.

L'AUTEUR *crie.*

Ah non !

LE NOTAIRE, *qui ne semble pas
l'avoir entendu.*

On a sonné, vous m'excusez.

L'AUTEUR, *confus.*

Oh ! Pardon.

JULIEN, *au notaire.*

Je vous en prie.

Le notaire sort puis revient immédiatement, introduisant Clara – une cinquantaine d'années, toute de noir vêtue –, Robert – même âge –, Georges – vingt-cinq ans environ – et Céline – une vingtaine d'années –.

LE NOTAIRE

Si vous voulez vous donner la peine d'entrer.

CLARA, *tendant les bras à Julien.*

Julien. Quelle surprise ! Je vous embrasse mon petit. *(Elle le fait.)* J'ai craint un moment que vous ne veniez pas, mais je vois que vous avez su où était votre devoir et j'en suis heureuse. *(Elle ajoute, pleurnicharde :)* Si vous saviez comme je suis malheureuse.

Julien ne répond pas.

GEORGES, *tendant la main à Julien
tout en prenant une mine de circonstance.*

Bonjour. Mes sincères condoléances.

JULIEN

Merci.

CLARA

Je vous présente Robert, un ami. Je pense que vous ne verrez pas d'inconvénient à ce qu'il assiste à la lecture du testament ?

JULIEN, *se contentant d'un signe de tête à l'adresse de Robert, l'air indifférent.*

Aucun. *(Puis se tournant vers Céline.)* Bonjour.

CÉLINE, *avec un pauvre sourire.*

Bonjour Julien.

Un temps.

CLARA

Eh bien, vous ne vous embrassez pas ?

Julien sourit et va embrasser Céline.

CLARA

Comme c'est plaisant de se retrouver ainsi. *(Puis changeant de ton :)* Quel malheur ! Ce pauvre Claude. Qui aurait pu penser qu'il partirait ainsi, en pleine force de l'âge et presque sans prévenir.

GEORGES *a geste désabusé :*

La fatalité.

CLARA

Un homme qui était d'une prudence.

ROBERT

Et avec une voiture pratiquement neuve qu'il a fallu mettre à la ferraille.

CLARA

Une Mercedes dont il n'avait jamais passé la troisième tant il roulait prudemment. C'est vraiment incompréhensible.

GEORGES, *au notaire :*

Vous connaissez la conclusion des experts ?

LE NOTAIRE, *froid :*

Dérapage sur une plaque de verglas, je crois.

GEORGES

C'est ce que tout le monde avait pensé. Et bien non. Selon eux, il s'agit d'une rupture de la direction.

CLARA

C'est insensé. Ces gens-là disent n'importe quoi.

LE NOTAIRE, *désignant les sièges :*

Si vous voulez vous asseoir.

CLARA

Merci maître.

Ils s'assoient.

CLARA, *à Julien.*

Et vos études, à propos ? Terminées ?

JULIEN

Pas tout à fait.

CLARA

Vous vous êtes fait à l'Angleterre ?

JULIEN, *poli.*

Très bien.

CLARA

Je me demande comment vous vous y êtes pris. Pour ma part, je crois que je n'aurais jamais pu. C'est plein de brouillard, il y pleut tout le temps, on y mange mal, et les gens ont un accent déplorable. Il n'y a vraiment que les Anglais pour aimer ça. Ils ne sont même pas fichus d'avoir un mètre qui mesure plus de quatre-vingt-dix centimètres et ils voudraient nous donner des leçons. *(Elle demande :)* Il vous reste encore combien de temps à passer là-bas ?

JULIEN

En principe, un an.

CLARA

Je vous souhaite bien du courage. Il est vrai que vous avez eu le temps de vous habituer.

GEORGES

Tu parles anglais couramment ?

JULIEN, *esquissant un sourire.*

Il faut bien.

GEORGES

Je te félicite. Moi, en huit ans d'anglais, je n'ai pas été fichu d'apprendre autre chose que : « I do not speak english » *(il prononce avec un accent déplorable)* et encore, quand je dis ça à un Anglais qui m'aborde dans la rue pour me demander un renseignement, la plupart du temps, il ne me comprend pas. À se demander si ces gens-là parlent vraiment anglais.

LE NOTAIRE

Si vous êtes d'accord, nous pourrions passer à la lecture du testament de monsieur de la Pétaudière.

CLARA

Nous sommes tout ouïe Maître.

L'AUTEUR, *qui depuis un moment retournait ses papiers sur son bureau et fouillait ses poches s'exclame.*

Bon sang, qu'est-ce que j'ai fichu de mes cigarettes ?

Il se lève, de mauvaise humeur et va prendre un paquet dans le tiroir d'une commode.

LE NOTAIRE *s'installe à son bureau.*

Monsieur de la Pétaudière avait déposé entre mes mains, il y a quelques années déjà, un testament. L'enquête à laquelle j'ai procédé m'a permis de m'assurer qu'il n'en avait pas fait d'autres et que par conséquent, celui-ci doit être considéré comme l'expression de ses dernières volontés.

L'auteur après avoir allumé sa cigarette, s'apprête à reprendre sa place, mais s'arrête, stupéfait de voir que le notaire s'en est emparé. Beau joueur, il ne dit rien et se place de côté pour observer la scène.

LE NOTAIRE

Il avait demandé que soient présents pour cette lecture : Madame la Comtesse Clara de la Pétaudière, son épouse en secondes noces, Monsieur le Vicomte Julien de la Pétaudière, son fils légitime, Monsieur Georges Dingue-Reville, fils de Madame la Comtesse de la Pétaudière et Mademoiselle Céline Dupré, sa nièce. Tous sont présents, nous pouvons donc procéder à la lecture de l'acte.

Il chausse ses lunettes et commence à lire.

Nous, Claude de la Pétaudière, sain de corps et d'esprit, déclarons le présent acte être l'expression de nos dernières volontés et chargeons Maître Pindart, notaire à Troulabin, de veiller à son exécution.

L'AUTEUR *bougonne.*

C'est long.

LE NOTAIRE

Plaît-il ?

L'AUTEUR

Je dis c'est long.

LE NOTAIRE

C'est le testament de Monsieur de la Pétaudière.

L'AUTEUR

Ça n'empêche rien. N'oublions pas que c'est du théâtre. Le spectateur qui a payé sa place attend que ça bouge, qu'il se passe quelque chose. Il est venu pour voir se dérouler action, pas pour assister à un cours sur la rédaction testamentaire.

LE NOTAIRE, *piqué.*

Je fais mon métier.

L'AUTEUR

Peut-être, mais ça n'intéresse personne. Il faut condenser tout ça. C'est une scène d'exposition, ça doit aller vite. Si le spectateur commence à bâiller au premier acte, au troisième il ronflera.

LE NOTAIRE *hausse les épaules.*

Que voulez-vous que j'y fasse ?

L'AUTEUR

Réduire.

LE NOTAIRE, *buté.*

J'ai un testament, je le lis. J'appartiens à une profession qui a ses règles, je les respecte.

L'AUTEUR

Les règles, les règles... On les accommode.

LE NOTAIRE

Sachez, Monsieur, qu'à y déroger j'encours de graves sanctions de la part de mes pairs.

L'AUTEUR

Je vous garantis l'impunité.

LE NOTAIRE

C'est vite dit. On voit bien que vous n'êtes pas du métier.

L'AUTEUR, *que cette discussion commence à visiblement agacer.*

Je fais du théâtre. Et au théâtre, ce qui compte c'est

qu'il y ait une histoire à laquelle le spectateur soit susceptible de s'intéresser. Le reste on s'en fout, c'est du détail. Depuis Molière nous savons que ce qui est important ce sont les caractères. Et encore, même ceux-là doivent être brossés à grands traits. Terriblement grossis.

LE NOTAIRE, *insolent.*

Dans ce cas, c'est de la caricature que vous auriez dû faire.

L'AUTEUR, *nullement démonté.*

Figurez-vous que j'y avais pensé. Seulement comme je n'étais pas très habile à manier le crayon, j'ai fini par faire du théâtre parce que finalement c'est la même chose.

LE NOTAIRE

Alors, en ce qui concerne cette scène, que comptez-vous faire ?

L'AUTEUR

Je ne sais pas. Je trouverai un raccourci quelconque, n'importe quoi.

LE NOTAIRE

Je ne vous le fais pas dire.

L'AUTEUR, *sans relever.*

L'essentiel est que la situation soit claire. Les rapports des personnages, on les connaît. Ce qu'il reste à exposer c'est le contenu du testament. Pour ça il suffit d'une courte explication. En fait, c'est extrêmement simple. Le fils légitime du défunt *(il désigne Julien)* est déshérité au profit du fils de la seconde épouse de celui-ci. *(Il désigne Georges.)*

LE NOTAIRE

On n'a pas le droit de déshériter son propre fils.

L'AUTEUR

Disons qu'il est largement frustré et restons-en là.

LE NOTAIRE

Vous avez des notions de droit qui laisse à penser sur vos conceptions de la justice.

L'AUTEUR *prend la mouche.*

Mon vieux, je ne vous conseille pas de m'entreprendre sur ce terrain. J'aurais effectivement beaucoup à dire.

LE NOTAIRE, *narquois.*

J'imagine.

L'AUTEUR

Voyons la suite.

CLARA, *très collet monté.*

Ce testament est d'une délicatesse.

ROBERT

Votre mari était un homme du monde ma chère amie.

CLARA

Il aura tout réussi. Même sa mort. *(Elle ajoute, pleurnicharde :)* Pauvre Claude. Il était si bon. Qu'est-ce que je vais devenir à présent ? Je crois que je n'aurai plus le goût de vivre. Je n'ai plus qu'à me laisser mourir moi aussi.

ROBERT

Allons allons, calmez-vous chère amie. Il ne faut jamais dire des choses pareilles. Songez plutôt à ceux qui restent. Vous leur êtes si indispensable.

CLARA

Oh ! Sans Claude…

GEORGES

Maman.

ROBERT

Votre mari, là où il est, si c'est bien ce qu'on m'en a dit, ne doit pas s'ennuyer, vous savez. Pensez plutôt aux autres, à nous tous qui avons tellement besoin de vous, à Georges, à Céline, *(avantageux :)* à moi.

L'AUTEUR

Oh ! Oh ! Vous pourriez amener les choses avec un peu plus de tact mon vieux.

ROBERT *le regarde, l'air ahuri.*

Vous avez dit vous-même qu'il fallait que ce soit brossé à gros traits.

L'AUTEUR

N'exagérons rien. Même pour la caricature, il ne faut pas sortir de la page. Vous êtes son amant, c'est un fait, maintenant vous vous sentez libres, mais respectons cependant certaines limites. Ce décès ne remonte qu'à quelques jours. Peut-être l'enterrement n'a-t-il pas encore eu lieu. Vous n'allez quand même pas lui chanter le *de profundis* sur l'air de la marche nuptiale.

ROBERT, *vexé.*

Évidemment.

L'AUTEUR

De la façon dont vous y prenez, on peut s'attendre à tout.

CLARA, *très chatte.*

J'espère que vous êtes content mon petit Julien.

JULIEN, *raide.*

De la mort de papa ?

CLARA, *on ne peut plus naturelle.*

De ce qu'il vous a laissé.

JULIEN

Je pense qu'il a agi selon sa conscience.

CLARA

Évidemment. Votre père était la conscience même. *(Elle soupire.)* Pauvre Claude.

GEORGES

Tu es fatiguée, Maman. Je crois que nous ferions bien de rentrer.

CLARA

Tu as raison. Cette journée m'a épuisée et j'ai un mal de crâne affreux. Ce matin l'enterrement, la visite au cimetière, les condoléances qui n'en finissaient pas. Cet après-midi le notaire. Je suis à bout de force.

ROBERT, *triomphant.*

Ah ! Vous voyez qu'il est enterré.

L'auteur ne répond pas, il se contente de hausser les épaules.

CLARA *s'est levée.*

J'espère que nous aurons l'occasion de nous revoir mon petit Julien. Je suppose que vous ne repartez pas tout de suite en Angleterre.

JULIEN

Je ne sais pas.

CLARA

Faites-nous le plaisir de venir dîner à la maison, nous serons contents de vous y recevoir.

JULIEN

J'essaierai.

CLARA

De toute façon, nous comptons sur vous pour le mariage de Georges et Céline.

JULIEN *pâlit soudain.*

Vous allez vous marier ?

GEORGES, *un peu ennuyé.*

Oui. Tu nous excuseras, mais tout s'est fait si vite et il s'est passé tellement de choses ces derniers temps que nous n'avons même pas eu le temps de te prévenir. Tu ne nous en veux pas, j'espère.

Julien ne répond pas. Il regarde intensément Céline qui le fuit. Long moment de gêne que...

CLARA *se décide à rompre.*

Eh bien, si nous y allions ?

GEORGES

Tout de suite Maman.

ROBERT

C'est vrai, il se fait tard et je meurs de faim.

L'AUTEUR, *outré.*

Oh ! Vous alors !

ROBERT

Quoi ?

L'AUTEUR

Rien.

GEORGES, *à Julien.*

Veux-tu que je te raccompagne ?

JULIEN

Je te remercie, mon hôtel est à deux pas.

GEORGES

Comme tu voudras. *(Il lui tend la main.)* À bientôt mon vieux.

JULIEN

Au revoir.

CLARA *l'embrasse.*

Au revoir mon petit Julien.

CÉLINE *s'approche à son tour.*
Elle ose à peine regarder Julien.

Au revoir, Julien.

JULIEN, *après un temps.*

Au revoir.

Ils s'embrassent sans chaleur.

ROBERT, *tendant la main à Julien,*
très homme du monde – trop sans doute –.

Cher Monsieur, ravi d'avoir fait votre connaissance. Comme quoi, à quelque chose malheur est bon. *(Il jette un coup d'œil inquiet en direction de l'auteur qui le fusille du regard.)* C'est bon je ne dis plus rien.

CLARA *va au-devant du notaire.*

Mon cher maître…

LE NOTAIRE

Permettez que je vous raccompagne. *(Il se dirige vers la porte.)* Si vous voulez passer devant.

Ils sortent les uns derrière les autres, sauf Julien et naturellement l'auteur. Le notaire sort le dernier.

L'AUTEUR, *à Julien, quand ils ont disparu.*

Vous restez ?

JULIEN

J'attends qu'ils soient partis.

L'AUTEUR

Évidemment. *(Un temps. Il demande :)* Dites-moi, qu'est-ce que c'est que cette histoire avec la petite ? Ça n'a pas eu l'air de vous faire plaisir d'apprendre qu'elle allait se marier.

JULIEN

Une vieille histoire sans intérêt.

L'AUTEUR

Vous êtes amoureux d'elle ?

JULIEN

Ça ne vous regarde pas.

GEORGES *revenant dans la pièce.*

Excusez-moi, je crois que j'ai oublié mes gants.

Il va les prendre sur un siège.

L'AUTEUR

Vous ne pourriez pas faire attention ?

GEORGES

Ben quoi, ça ne vous arrive jamais ? *(L'auteur hausse les épaules.)* Au revoir Julien. Nous comptons sur toi. Tu viendras j'espère ?

JULIEN

Peut-être.

GEORGES

Ça fera plaisir à tout le monde. À bientôt.

JULIEN

À bientôt.

GEORGES *va sortir, mais se ravise soudain.*
Il se tourne vers Julien et demande humblement :

Tu m'en veux, n'est-ce pas ?

JULIEN

Pourquoi ?

GEORGES

Pour tout… pour Céline.

JULIEN

Si elle t'aime et si tu la rends heureuse, je n'ai aucune raison de t'en vouloir.

GEORGES

J'ai un peu honte, tu sais.

JULIEN *s'efforce de sourire.*

Il ne faut pas.

GEORGES

C'est comme pour cette histoire d'héritage.

JULIEN

C'est sans importance.

GEORGES

C'est toi qui aurais dû devenir président-directeur général de la société.

JULIEN

Non, tu as plus d'expérience que moi et je ne sais pas

très bien si j'en aurais été capable. Tu as été formé pour cela et en te donnant la majorité des parts, père savait ce qu'il faisait.

GEORGES

Seulement moi, je n'étais pas son fils.

JULIEN

Qu'importe ? Il avait confiance en toi et il avait sans doute raison. Je suis tout à fait persuadé que tu feras un très bon patron.

GEORGES

J'essaierai.

Le noir soudain.
Quand la lumière revient, la disposition des sièges a été légèrement modifiée. Nous sommes maintenant dans le salon des la Pétaudière. L'auteur s'est retiré dans un coin pour observer.
En scène, Julien et Céline.

JULIEN *demande, dur.*

Et quand comptez-vous vous marier ?

CÉLINE

Le mois prochain.

JULIEN

Le moins qu'on puisse dire, c'est que ça aura été rapide

CÉLINE

Tu sais, de longues fiançailles, ce n'est pas toujours drôle.

JULIEN

Évidemment, c'est un point de vue. *(Un temps, il demande.)* Pourquoi ne me l'as-tu pas écrit ?

CÉLINE

Tu crois que je n'avais que ça à faire ?

JULIEN

Bien sûr, ça t'aurait bien pris dix minutes, sans compter le temps de faire l'enveloppe.

CÉLINE

Ne dis pas de bêtises, Julien. Tu sais bien que je ne pouvais pas écrire une lettre comme ça, pour dire simplement : je vais me marier et cela sans te donner un minimum d'explications.

JULIEN

Alors tu as préféré ne rien me dire du tout.

CÉLINE

J'allais le faire. Seulement il s'est passé tellement de choses ces derniers temps. Il faut quand même que tu comprennes. Tu étais loin, tu ne te rends pas compte, mais si tu avais été ici, je t'assure que ce n'était pas drôle tous les jours.

JULIEN.

Tandis que pour moi, seul en Angleterre, ça l'était. Il est vrai que, comme dit ma belle-mère, j'ai eu le temps de m'habituer.

CÉLINE

Pourquoi es-tu allé là-bas, si ça ne te plaisait pas ?

JULIEN

Sans doute parce que c'est le seul moyen d'apprendre vraiment l'anglais. Et puis, de toute façon, lorsque mon père m'a expédié outre-Manche, il ne m'a pas demandé mon avis. *(Un temps.)* À propos, si ce n'est pas indiscret, je peux te demander ce que tu m'aurais donné comme explication ?

CÉLINE, *un peu embarrassé.*

Et bien… je t'aurais dit la vérité.

JULIEN

C'est-à-dire ?

CÉLINE

Que j'aime Georges et que j'ai l'intention de l'épouser.

JULIEN.

Évidemment, pour dire tout ça, il fallait un certain temps. Et de quand date ce fol amour ?

CÉLINE

Qu'est-ce que ça peut faire ?

JULIEN

Rien naturellement. Mais j'ai l'impression qu'il s'agit d'un véritable coup de foudre. Ce n'est pourtant pas d'hier que vous vous connaissez.

CÉLINE

Je ne vois pas le rapport.

JULIEN

Sans doute aucun, si ce n'est que vous avez mis un certain temps avant de vous apercevoir que vous étiez faits l'un pour l'autre.

CÉLINE, *brutale.*

Et alors ? *(Puis radoucie.)* C'est exact. Nous avons vécu longtemps sans bien nous comprendre et nous avons appris progressivement à nous apprécier.

JULIEN

Voilà un changement radical de situation, car si j'ai bon souvenir, tu ne le portais pas tellement dans ton cœur, autrefois, l'ami Georges.

CÉLINE

Nos disputes de gosses de quinze ans, tu ne crois pas que c'est un peu dépassé ?

JULIEN

De gosses de quinze ans ? Tu exagères un peu. Encore l'été dernier, tu refusais de sortir lorsqu'il était là tellement il te dégoûtait, disais-tu. Il fallait que je vienne parlementer des heures, te supplier presque, pour que tu acceptes de nous accompagner en boîte à la condition expresse que je ne te quitte pas une minute et que je fasse en sorte qu'il n'ait pas l'occasion de t'inviter à danser. Tu as déjà oublié ?

CÉLINE, *dure.*

Écoute Julien, je savais que tu étais timide et faible, mais je ne pensais quand même pas que tu étais lâche. Venir me rappeler ça à un mois de mon mariage, tu ne crois pas que c'est un peu ignoble ? Surtout venant de toi ?

JULIEN

Que veux-tu que j'y fasse ? Il faut bien que je conserve quelques souvenirs de famille. Après le testament de mon père, c'est à peu près tout ce qu'il me reste : l'ignominie des la Pétaudière.

CÉLINE

Pauvre Julien, tu me fais de la peine.

JULIEN

Pardonne-moi. J'aurais aimé t'offrir autre chose que mon amertume. Malheureusement, c'est tout ce qu'il me reste.

CÉLINE

Écoute Julien, il faut que tu réalises que ce qu'il y a eu entre nous était très gentil, mais ce n'était une histoire de gamins. Nous ne sommes plus des enfants. Les choses évoluent.

JULIEN

Alors, parce qu'on a un peu trop grandi, tout le passé et à bannir ?

CÉLINE

Ce n'est pas ce que je veux dire, tu le sais bien. Seulement, il faut bien reconnaître que ces petites amourettes d'adolescents ne sont jamais très sérieuses. Ce sont des amusements d'enfants qui veulent jouer les grandes personnes, mais ça ne va pas plus loin.

JULIEN

C'était pour t'amuser que tu disais que tu m'aimais ? Histoire de passer un moment, tout en pensant secrètement :

un jour, j'épouserai le beau Georges, celui que je ne peux pas pifer ?

CÉLINE

Tu dis n'importe quoi.

JULIEN *la secoue brutalement.*

Mais bon sang, quand tu disais que tu m'aimais, tu le pensais ou tu ne le pensais pas ?

CÉLINE *essayant de se dégager.*

Tu me fais mal.

JULIEN

Réponds-moi. C'était pour rire ? Tu te moquais de moi ?

CÉLINE

Non, je ne me moquais pas de toi.

JULIEN

Tu m'aimais ou tu ne m'aimais pas ?

CÉLINE

Je ne sais pas.

JULIEN *la lâche subitement.*

Tu ne sais pas. Mais ce que tu sais, c'est que tout à coup tu t'es mise à aimer Georges, comme ça. Tu sais que c'est quasiment un miracle.

CÉLINE

Tu ne peux pas comprendre.

JULIEN

Bien sûr. Je suis trop bête. Comme j'ai été assez bête pour te croire autrefois et comme tu me crois encore assez bête pour te croire aujourd'hui. Car tu es encore en train de te payer ma tête, n'est-ce pas ? Ah ! Comme il est amusant le petit garçon qui veut jouer les grands. S'il savait, pauvre naïf. J'ai grandi Céline. Il faudra bien que tu t'y fasses. Je ne suis plus un petit garçon à qui on peut faire avaler n'importe quoi. *(Il crie, cocasse et ridicule, la secouant violemment.)* Tu entends ? Je suis grand maintenant, je suis grand.

CÉLINE, *essayant de se dégager.*

Tu me fais mal.

JULIEN *crie, la secouant toujours.*

Et moi ? Tu crois que je n'ai pas mal ? Je t'aime Céline. Je t'aime.

Il tente de l'embrasser.

CÉLINE

Qu'est-ce que tu fais ? Tu es fou ?

JULIEN.

Oui, je suis fou. Je suis fou et je t'aime.

Il essaie encore de l'embrasser.

L'AUTEUR *lui crie.*

Doucement, mon vieux vous n'allez tout de même pas la violer.

JULIEN

Mais je souffre moi, Monsieur, je souffre.

L'AUTEUR

Ce n'est pas une raison. Un peu de tenue quand même. D'ailleurs, croyez-moi, les blessures de cœur ne sont pas les plus terribles. Attendez d'avoir mon âge, quand vous aurez des rhumatismes, vous verrez.

JULIEN

Si elle épouse Georges, je me tuerai.

L'AUTEUR

On dit ça, mais croyez-moi, on en revient. Ça vous passera avant que ça me reprenne.

JULIEN *brutalement à Céline.*

Pourquoi épouses-tu Georges ?

CÉLINE

Encore ? Mais c'est une obsession. Je te l'ai déjà dit.

JULIEN

Je ne te crois pas.

CÉLINE

Eh bien tu as tort.

JULIEN

Non. Je te connais trop pour ça. Georges est le type même de ce que tu ne peux pas aimer. Tu ne l'aimes pas et tu ne l'as jamais aimé.

CÉLINE

Qu'en sais-tu ?

JULIEN

Je le sais. Tu le hais même. Tu le hais parce qu'il est

ce qu'il y a de plus veule, de plus laid, de plus lâche aussi.

CÉLINE

Tu me fatigues maintenant. Non seulement tu es idiot, mais tu es ignoble. Tu me dégoûtes.

JULIEN *amer.*

Somme toute, les rôles sont inversés.

CÉLINE *gentiment.*

Pauvre Julien, tu ne comprendras jamais.

Il lui jette un regard suppliant, puis baisse les yeux, découragé. Un temps. Paraît Georges.

GEORGES *plein d'entrain.*

Bonsoir. *(Il tend la main à Julien.)* Comment vas-tu ?

JULIEN

Bien, merci.

GEORGES

Maman te cherche, elle est dans sa chambre. Elle a reçu ce matin une lettre d'une vieille amie anglaise qu'elle avait oubliée depuis longtemps et elle n'est évidemment pas fichue de traduire. Si tu pouvais lui donner un coup de main, je crois que tu lui rendrais un fier service. Sinon j'ai l'impression que dans huit jours elle y sera encore.

JULIEN

C'est bon, je vais voir.

Il sort. Un temps.

GEORGES

Je tiens à te remercier.

CÉLINE

De quoi ?

GEORGES

De ce que tu viens de faire. Tu as été très bien.

CÉLINE

Tu écoutais derrière la porte ?

GEORGES

À peine. En venant ici, j'ai entendu crier. Je ne pouvais quand même pas de boucher les oreilles. Comme je ne voulais pas non plus déranger votre conversation, j'ai attendu qu'elle soit terminée. J'avoue que la façon dont tu lui a résisté m'a agréablement surpris et c'est la raison pour laquelle, je tiens à te remercier.

CÉLINE

Tu me dégoûtes.

GEORGES *se rapprochant.*

Allons mon canard, il ne faut pas dire des choses pareilles, surtout à son fiancé, ça ne se fait pas.

CÉLINE

Laisse-moi.

GEORGES

Comme elle est devenue farouche la petite Céline. Tu l'étais moins, autrefois, quand il te prenait dans ses bras le petit Julien. Allons mon petit lapin.

CÉLINE

Ne me touche pas ou je crie.

GEORGES *cède.*

La voilà bien la lâcheté des femmes. Crier : c'est tout ce que vous savez faire.

CÉLINE

Et toi, tu crois que tu n'es pas lâche ?

GEORGES *superbe.*

Oui, mais moi ce n'est pas pareil. Tout le monde le sait. Ne plus l'être serait de l'hypocrisie.

CÉLINE

Tu es ignoble.

GEORGES

Je sais, c'est ce qui me caractérise. Que veux-tu ? Tout le monde ne peut pas avoir que de bons sentiments, ce serait terriblement monotone. Je sais que je suis écœurant ma petite puce, mais qu'y puis-je ? Je suis ainsi, ce n'est pas de ma faute. J'aurais bien aimé, moi aussi, être un personnage plein de délicatesse et d'idéal comme ton ami Julien. – Quoique, après la scène qu'il vient de te jouer, il a tout de même baissé d'un cran dans mon estime –. Seulement voilà, il a fallu que je sois ignoble et on ne m'a pas laissé le choix. Je n'ai pas eu la chance de naître dans une famille toute propre et pleine d'idéal moi. J'étais un gosse de rien, fils de personne, une graine de voyou. À dix-huit ans, ma mère faisait de la figuration aux Folies bergères et il a fallu qu'elle se batte pour en sortir. Il lui a fallu en faire des concessions pour décrocher un rôle et ne pas demeurer dans l'ombre. C'est d'une de ces concessions que je suis né. Un marché horrible : un contrat contre son honnêteté. Je suppose qu'elle te dégoûte aussi la mère. Seulement, mets-toi à sa place, tu verras si c'était facile. La pureté, c'est bien joli, seulement quand on crève de faim, ce n'est pas très nourrissant. Elle a fini par réussir, mais à quel prix ? Toute une vie ordurière pour devenir enfin Comtesse de la Pétaudière, la famille la plus honorablement connue de la région, fortune colossale, entièrement amassée grâce à la plus grosse fabrique française de papier hygiénique. Et le petit Georges, là-dedans, il fallait qu'il suive, qu'il devienne bien ignoble, lui aussi, pour être fidèle à ses origines.

CÉLINE *écœurée.*

Tais- toi.

GEORGES

Pourquoi ? Tu ne la trouves pas belle mon histoire ? C'est pourtant ce qu'on fait de mieux. Le petit berger qui descend de sa montagne et qui devient empereur, c'est dans tous les contes de fées. Et pour une fois que c'est vrai. Car parti de rien du tout, me voilà devenu l'empereur du papier hygiénique. Je t'accorde que c'est une un empire apparemment fragile, mais il a des sujets terriblement fidèles.

CÉLINE

Tu es répugnant.

GEORGES

Mon petit chéri, tu te répètes.

L'AUTEUR, *dans son coin.*

C'est vrai.

CÉLINE, *agressive.*

Vous ne le trouvez pas répugnant vous ?

L'AUTEUR

Si, mais ce n'est pas une raison pour le seriner indéfiniment. C'est une ordure, c'est un fait, à quoi bon le répéter sans cesse. Tout le monde l'a compris. D'ailleurs, pourquoi l'épousez-vous s'il vous dégoûte tant que ça ?

CÉLINE, *dépitée.*

Comme si vous ne le saviez pas ?

L'AUTEUR

Je suis désolé, mais…

CÉLINE

C'est bien vous l'auteur de la pièce ?

L'AUTEUR

Certes, mais je n'ai pas encore écrit la fin.

CÉLINE

Vous aussi vous me dégoûtez. Vous n'avez pas honte d'écrire des horreurs pareilles ?

L'AUTEUR

On écrit ce qu'on peut, pas toujours ce qu'on veut. L'inspiration est un luxe, ne l'oublions pas.

GEORGES *poursuit comme si de rien n'était.*

Je sais que je te répugne. Pourtant, je ne suis peut-être

pas tout à fait aussi noir que tu le penses. J'ai comme tout un chacun mes bons côtés. Je connais des moments de sensibilité, d'émotion. Tu peux penser qu'ils sont rares, mais cela n'empêche rien. Je sais que tu ne m'aimes pas. Non seulement tu ne m'aimes pas, mais tu me hais. J'ai tout essayé pour changer cet état de fait. Si je n'ai pas réussi, c'est que l'amour n'est pas quelque chose qu'on offre, mais plutôt quelque chose qu'on prend. L'amour, c'est l'apanage des égoïstes. On n'aime pas l'autre pour lui, on l'aime pour soi et quoi que tu dises, quoi que tu fasses, je t'aime et contre cela, tu ne peux rien. Un jour, tu seras ma femme, MA femme, rien qu'à moi. Et tu me donneras le bras dans la rue, et tu porteras mon nom, et tu dormiras dans mon lit. (*Il l'a prise dans ses bras et crie, ignoble, tentant de l'embrasser.*) Mon amour !

CÉLINE *se débat.*

Lâche-moi.

GEORGES

Pas avant que tu ne m'aies embrassé.

CÉLINE

Non, je ne veux pas.

GEORGES, *ignoble.*

Et moi je veux.

Il tente encore de forcer sa bouche.

L'AUTEUR *crie.*

Arrêtez ! (*Surpris, Georges lâche Céline. Il regarde l'auteur, véritablement médusé.*) Vous êtes répugnant !

GEORGES, *amer.*

Ah bon ? Vous aussi ?

L'AUTEUR

On peut être une saloperie, mais pas à ce point.

GEORGES

Évidemment. Vous, vous êtes un poète, un rêveur, un idéaliste. Vous croyez que c'est facile d'être une crapule ? *(Il jette à Céline :)* Va le rejoindre ton petit Julien si tu l'aimes tant que ça. On verra bien si tu en as le courage.

CÉLINE

Oh ! Tu es trop laid.

Elle sort en coup de vent.

L'AUTEUR, *quand elle est sortie.*

Le geste est évidemment maladroit, mais vous l'avez fait.

GEORGES

Ne vous fatiguez pas.

L'AUTEUR

Vous croyez qu'elle n'ira pas le rejoindre ?

GEORGES

Je n'ai aucune inquiétude.

L'AUTEUR

Et si elle y allait malgré tout ?

GEORGES

Vous vous bercez vraiment d'illusions.

L'AUTEUR

Qu'en savez-vous ?

GEORGES, *sûr de lui.*

Je le sais. *(Il ajoute.)* Il y a une chose qu'il empêchera toujours d'aller le retrouver.

L'AUTEUR

Laquelle ?

GEORGES

Ça, mon cher Maître, ce n'est pas à moi de vous le dire. Terminez votre pièce, vous verrez bien.

L'AUTEUR

Enfin, c'est insensé. Je suis quand même l'auteur, j'ai le droit de savoir.

GEORGES

Permettez-moi de vous dire que pour quelqu'un qui se veut auteur dramatique, vous êtes un peu léger. Entreprendre ainsi des pièces sans savoir où les mener… C'est presque un manque de conscience professionnelle.

L'AUTEUR *le prend de haut.*

Mais monsieur, qui vous permet de me juger ?

GEORGES

Je ne juge pas, je constate.

L'AUTEUR

Dis donc, espèce de petit galopin. Vous voulez que je vous botte le train ?

GEORGES

Oh ! Le bel argument ! Je vous croyais capable d'autre chose.

L'AUTEUR, *superbe.*

C'est bon. Laissons là une discussion qui risquerait de tourner un peu trop vite à votre désavantage. Figurez-vous que des mots, j'en fais. On les reproche toujours aux auteurs dramatiques, mais après tout, c'est leur métier. *(Un temps.)* Alors comme ça, vous êtes une canaille ? Mais dites-moi, pas tant que ça, malgré tout, si j'ai bien compris ?

GEORGES

Que voulez-vous dire ?

L'AUTEUR

Je pense à votre mère, qui vous a élevé, pas très honnêtement j'en conviens, mais qui a réussi à faire de vous un président-directeur général à vingt-sept ans – ce qui n'est pas négligeable –. À elle, vous manifestez quelque reconnaissance. Car vous semblez assez complice tous les deux.

GEORGES

Disons que jusqu'à maintenant, ça n'allait pas trop mal.

L'AUTEUR *inquiet.*

Parce que ça ne va plus ?

GEORGES

Ça ne va pas encore très mal, mais je crains que la situation ne soit appelée à se détériorer.

L'AUTEUR

Pourquoi ?

GEORGES

Pour une raison simple. Ma mère n'est pas un modèle d'honnêteté, mais ce n'est pas ce que je lui reproche.

L'AUTEUR

Vous auriez mauvaise grâce.

GEORGES

Dites donc vous, vous ne seriez pas un petit peu hypocrite ?

L'AUTEUR

Pourquoi ?

GEORGES

Qui a imaginé cette pièce ?

L'AUTEUR, *comme pris en défaut.*

C'est bon, continuez. Votre mère… ?

GEORGES, *avec un petit sourire entendu.*

Ma mère est une femme extrêmement orgueilleuse et terriblement arriviste. Elle a, je pense, suffisamment prouvé en ce domaine. Seulement quand les arrivistes commencent à arriver…

L'AUTEUR *le coupe.*

Évitez-nous un jeu de mots facile, c'est mal vu et ça n'apporte rien.

GEORGES *se contente de conclure.*

Ils ne savent plus arrêter. C'est le cas de ma mère qui

voudrait bien devenir la véritable matriarche de l'affaire dont je suis le nouveau PDG.

L'AUTEUR

Ça, c'est de votre invention.

GEORGES

Pardon ?

L'AUTEUR

Matriarche n'existe pas.

GEORGES

Vous êtes sûr ?

L'AUTEUR

Absolument.

GEORGES

On dit bien patriarche.

L'AUTEUR

On dit patriarche, mais on ne dit pas matriarche.

GEORGES

Ah ? C'est bête.

L'AUTEUR

C'est peut-être bête, mais c'est ainsi. Ça ne fait rien, continuez. Que comptez-vous faire pour l'empêcher de devenir... *(Il cherche un mot, mais ne trouve pas.)* ce que vous dites ?

GEORGES

C'est simple. Le plan de ma mère est le suivant. Pour

mieux influer sur la gestion de la société, elle a l'intention de faire entrer son amant au conseil d'administration. Robert, hormis le fait qu'il est un parfait imbécile, a un terrible défaut : il est inconditionnellement dévoué à ma mère. Pour elle, il ferait n'importe quoi. C'est la raison pour laquelle je suis obligé de m'en méfier. J'ai donc résolu de m'opposer à sa candidature. Robert ne sera pas élu et ma mère n'exercera jamais le contrôle qu'elle escomptait sur l'affaire. Voilà pourquoi nos relations risquent de se détériorer.

L'AUTEUR

Vous n'êtes guère reconnaissant.

GEORGES

La reconnaissance est une faiblesse que je ne peux pas me permettre.

Entre Clara, en trombe.

CLARA *visiblement en colère.*

Tu es là ?

GEORGES, *amène.*

Oui maman. Tu me cherchais ?

CLARA

Clampin vient de téléphoner.

GEORGES

Ah bon ? Et que voulait-il ?

CLARA

Il paraît que tu as fait passer un mot d'ordre aux actionnaires de voter contre Robert ?

GEORGES, *après une courte hésitation.*

C'est exact.

CLARA

Je peux savoir pourquoi ?

GEORGES *hésite un peu.*

Robert ne me semble pas suffisamment compétent pour tenir un poste de responsabilité dans la société

CLARA

Qu'en sais-tu ?

GEORGES

Je connais Robert et je connais la société. J'en ai jugé ainsi.

CLARA

Qui te permet de juger ?

GEORGES

Je suis président-directeur général, c'est mon rôle.

CLARA

Tu n'es pas encore président-directeur général.

GEORGES

Je le serai, ne te fais aucun souci. Je détiens quarante-trois pour cent des actions et je n'aurai aucun mal à trouver le complément.

CLARA

Oublies-tu que tu me dois cette place ?

GEORGES

Je n'oublie rien, mais j'ai des responsabilités et je dois les assumer.

CLARA

Je te rappelle que je suis ta mère.

GEORGES

Tu es ma mère, c'est un fait, mais les papiers hygiéniques la Pétaudière and Co. Ne sont pas une entreprise familiale, mais une société anonyme. Je n'ai pas le droit, en conscience, d'y mêler mes sentiments.

CLARA

Tu n'es qu'un petit prétentieux arriviste. Un petit voyou. Seulement tu es mon fils. C'est moi qui t'ai fait, qui t'ai élevé, tu me dois des égards. Tu feras en sorte que Robert soit élu comme je l'ai suggéré.

GEORGES

Non, Maman. Robert n'entrera pas au conseil d'administration, j'en ai décidé ainsi.

CLARA *au comble de la rage.*

Petit salopard !

GEORGES *se drapant dans sa dignité.*

Si tu te mets à être grossière, je refuse de discuter. Merde alors.

Il sort.

CLARA *hurle.*

Petit voyou. Un fils à qui j'ai donné, tout sacrifié : ma

jeunesse, mes amours, ma vie, tout. Et voilà toute sa gratitude. Un monstre, j'ai enfanté un monstre. *(Elle déclame, très tragédienne.)*

Ah ! Fils indigne ! Mais qu'ai-je fait au ciel ?

L'AUTEUR

Un ton en dessous, ce n'est pas une tragédie.

CLARA *crie.*

Si.

L'AUTEUR

Je vous demande pardon, mais…

CLARA

Foutez-moi la paix. *(Elle enchaîne toujours très théâtrale.)*
Ai-je mis dans sa main le timon de l'État
Pour le conduire au gré du peuple et du Sénat ?
Ah ! Que de la patrie il soit, s'il veut, le père,
Mais qu'il songe un peu plus qu'Agrippine est sa mère.

Sur cette envolée, elle sort.
L'auteur l'a regardée disparaître, un peu ahuri. Il se gratte la tête, pensif.

RIDEAU

DEUXIÈME ACTE

Même décor.
En scène : Néron – joué par Georges – et Junie – jouée par Céline.

NÉRON

On me prétend, Madame, que par quelque discours,
L'odieux Britannicus vous aurait fait la cour.

JUNIE

Je ne vous nierai point, seigneur, que ses soupirs
M'ont daigné quelquefois expliquer ses désirs.
Il m'aime ; il obéit à l'empereur son père
Et j'ose dire encore à vous, à votre mère :
Vos désirs sont toujours si conformes aux siens…

NÉRON

Ma mère a ses desseins, Madame, j'ai les miens.
C'est à moi seul, Madame, de répondre de vous ;
Et je veux de ma main vous choisir un époux.

JUNIE

Ah ! Seigneur ! songez-vous que toute autre alliance
Fera honte aux Césars, auteurs de ma naissance ?

NÉRON

Vous pouvez, sans rougir, consentir à sa flamme.

JUNIE

Et quel est donc, seigneur, cet époux ?

NÉRON, *avantageux.*

Moi, Madame.

JUNIE

Vous ?

NÉRON, *qui s'est rapproché d'elle,*
commence à la caresser avidement.

Je nommerais, Madame, un autre nom,
Si j'en savais quelque autre au-dessus de Néron.

L'AUTEUR *paraît, très digne,*
habillé en gentilhomme XVIIe siècle et s'appuyant sur une
canne à pommeau ciselé.

Tsss ! Tssss ! Tsss ! Doucement. Il y a un ton noble, le geste doit suivre. N'oubliez pas que vous êtes empereur. Vous faites partie des gens civilisés. Il vous arrive sans doute de trousser telle ou telle oie blanche, mais seulement en coulisses ou dans quelque couloir un peu sombre. Vous n'êtes pas un pourceau.

Il caresse, au passage, les fesses de Junie.

Continuez mon petit.

JUNIE *outrée.*

Oh !

L'AUTEUR *feignant l'étonnement.*

Quoi ? Oh !

JUNIE

Dégoûtant personnage !

L'AUTEUR

Je vous en prie, pas de grands mots. Ne faites pas semblant d'être effarouchée. J'ai fait de vous une vierge, certes, mais n'exagérons rien. En réalité, Julia Silana était une véritable coquette, alors, de grâce.

JUNIE

Et pourquoi ?

L'AUTEUR

Ça, mon petit, ce sont les caprices du théâtre. J'avais besoin d'une pucelle. Elles sont un peu rares dans les milieux avertis. Il a fallu que j'invente.

NÉRON

Je me demande si on ne vous le reprochera pas. Vos détracteurs, monsieur Corneille entre autres…

L'AUTEUR

Monsieur Corneille dira de toute façon du mal de ma pièce. Monsieur Corneille est un homme foutu, le théâtre lui en sait gré.

NÉRON, *avec une pointe de mépris.*

Il connaît quand même quelque succès.

L'AUTEUR

Fariboles. Pour moi le dernier remonte à Nicomède. Et encore, ce n'était pas un chef-d'œuvre, mais cela nous ramène tout de même dix-huit ans en arrière alors de grâce, laissons Monsieur Corneille tranquille et continuons.

JUNIE

Vous m'offrez tout d'un coup la place d'Octavie.
J'ose dire pourtant que je n'ai mérité
Ni cet excès d'honneur, ni cette indignité.

NÉRON

Ayez moins de frayeur, ou moins de modestie.
N'accusez point ici mon choix d'aveuglement ;
Je vous réponds de vous, consentez seulement.
Et pour Britannicus…

JUNIE

              Il a su me toucher,
Seigneur ; et je n'ai point prétendu m'en cacher.
J'aime Britannicus. Je lui fus destinée
Quand l'empire devait suivre son hyménée :
Mais ces mêmes malheurs qui l'en ont écarté,
Ses honneurs abolis, son palais déserté,
La fuite d'une cour que sa chute a bannie,
Sont autant de liens qui retiennent Junie.
Britannicus est seul. Quelque ennui qui le presse,
Il ne voit, dans son sort, que moi qui s'intéresse,
Et n'a pour tout plaisir, seigneur, que quelques pleurs
Qui lui font quelquefois oublier ses malheurs.

NÉRON

Et ce sont ces plaisirs et ces pleurs que j'envie,
Que tout autre que lui me paîrait de sa vie,
Mais je garde à ce prince un traitement plus doux.
Madame, il va bientôt paraître devant vous.

JUNIE

Ah ! Seigneur ! Vos vertus m'ont toujours rassurée.

NÉRON, *non sans quelque sadisme.*

Je pouvais de ces lieux lui défendre l'entrée ;
Mais, madame, je veux prévenir le danger
Où son ressentiment le pourrait engager.
Je ne veux point le perdre : il vaut mieux que lui-même
Entende son arrêt de la bouche qu'il aime.
Si ses jours vous sont chers, éloignez-le de vous,
Sans qu'il ait aucun lieu de me croire jaloux.
De son bannissement prenez sur vous l'offense ;
Et soit par vos discours, soit par votre silence,
Du moins par vos froideurs, faites-lui concevoir
Qu'il doit porter ailleurs ses vœux et son espoir.
Caché près de ces lieux, je vous verrai, Madame.

S'adressant à l'auteur, sans transition.

Où est-ce que je serais caché ?

L'AUTEUR *a un geste agacé.*

Je ne sais pas, nous verrons plus tard, c'est sans importance.

NÉRON *désigne le bureau.*

Je pourrais peut-être me mettre sous la table.

L'AUTEUR

Pourquoi sous la table ?

NÉRON

Je ne sais pas, j'ai vu ça récemment dans une pièce de Molière.

L'AUTEUR *glapit.*

Monsieur Molière fait n'importe quoi.

NÉRON

Cela faisait beaucoup rire.

L'AUTEUR

Tout ce que fait Monsieur Molière fait toujours rire. Monsieur Molière est un clown, moi je suis un homme de théâtre.

NÉRON, *pincé.*

Il connaît pourtant quelques succès à la cour.

L'AUTEUR, *le regarde de travers.*

N'essayez pas de me faire dire ce que je ne veux pas dire. Le roi feint de s'amuser aux représentations de la troupe « Monsieur » parce que c'est son rôle de roi. Il n'y a que les imbéciles pour croire qu'il y trouve vraiment du plaisir. D'ailleurs, je ne donne pas plus de vingt ans à Monsieur Molière pour être définitivement tombé dans les oubliettes. Le théâtre a quelque chose de noble qui dépasse de beaucoup les pitreries et les grossièretés de Monsieur Poquelin. Et puis, tout ce qui est comédie ne peut prétendre à la moindre considération de sérieux. Il n'y a que la tragédie qui mérite attention. Elle seule possède les caractères de noblesse qui garantissent la pérennité de l'œuvre théâtrale.

NÉRON

Pourtant vous-même avez donné dans la comédie, il me semble. Il n'y a pas si longtemps d'ailleurs.

L'AUTEUR

Il ne s'agissait que d'un divertissement. – Et aussi d'un petit règlement de compte –. *(Il ajoute, très supérieur.)* Et puis moi ce n'était pas pareil. Poursuivons.

NÉRON

Enfermez votre amour dans le fond de votre âme :
Vous n'aurez point pour moi de langage secret,
J'entendrai vos regards que vous croirez muets.

L'AUTEUR *marmonne.*

Oui, ça, ça ne veut rien dire.

NÉRON

Pardon ?

L'AUTEUR

Je dis : ça ne veut rien dire. « Entendre des regards », c'est complètement stupide. Enfin, il vaut mieux entendre ça qu'être sourd. Continuez.

NÉRON

Et sa perte sera l'infaillible salaire
D'un geste ou d'un soupir échappé pour lui plaire.
Mais je l'entends qui vient.

JUNIE

Ah ! Seigneur !

NÉRON

Je vous laisse.
Sa fortune dépend de vous plus que de moi :
Madame, en le voyant, songez que je vous voi.

Il sort, impérial – comme il se doit –. Junie a tenté, en vain, un geste pour le retenir. Elle demeure plantée, seule, comme pétrifiée. Elle se ronge les ongles, folle d'angoisse. Long silence. L'auteur est songeur. Il finit par réagir et demande :

L'AUTEUR

Qu'est-ce que vous faites ?

JUNIE, *au bord des larmes.*

Je me ronge.

L'AUTEUR

oui, les ongles, je vois bien, mais qu'est-ce que vous attendez ?

JUNIE

L'entrée de Britannicus.

L'AUTEUR, *confus.*

O h ! pardon, j'étais distrait.

Entre Britannicus, joué par Julien.

BRITANNICUS

Madame, quel bonheur me rapproche de vous ?
Quoi ! Je puis donc jouir d'un entretien si doux !
Mais parmi ce plaisir quel chagrin me dévore !
Hélas ! Puis-je espérer de vous revoir encore ?
Faut-il que je dérobe, avec mille détours,
Un bonheur que vos yeux m'accordaient tous les jours ?
(Un temps.)
Vous ne me dites rien ! Quel accueil ! Quelle glace !
Est-ce ainsi que vos yeux consolent ma disgrâce ?
Qu'est devenu ce cœur qui me jurait toujours
De faire à Néron même envier et nos amours ?
Rome, de sa conduite elle-même offensée...

JUNIE *crie, affolée.*

Ah ! Seigneur ! Vous parlez contre votre pensée.

L'AUTEUR

Ne criez pas comme ça, il n'est pas sourd.

JUNIE, *désignant les coulisses.*

Oui, mais l'autre, à côté il écoute.

BRITANNICUS, *qui ne comprend pas.*

Quel autre ?

JUNIE

Personne. Vous ne pouvez pas comprendre.
(Elle enchaîne.)
Vous-même vous m'avez avoué mille fois
Que Rome le louait d'une commune voix ;

BRITANNICUS, *qui ne comprend plus rien.*

Rome louait qui ?

L'AUTEUR, *furieux.*

Néron, bien sûr. Soyez un peu à ce que vous faites.

BRITANNICUS

Je vous prie de m'excuser, mais j'ai un peu de mal à suivre.

L'AUTEUR

Vous m'avez l'air drôlement futé vous. Pas étonnant que vous soyez faits faucher votre empire.

BRITANNICUS

Permettez. On a poussé mon père à me déshériter et

on l'a ensuite assassiné pour l'empêcher de revenir sur sa décision.

L'AUTEUR

Oui ça, c'est de l'histoire ancienne.

BRITANNICUS *enchaîne.*

Ce discours me surprend, il le faut avouer :
Je ne vous cherchais pas pour l'entendre louer.

L'AUTEUR

Pour entendre louer qui ?

BRITANNICUS, *furieux à son tour.*

Néron bien sûr.

L'AUTEUR, *confus.*

Ah ! Pardon.

BRITANNICUS, *à Junie.*

Que vois-je ? Vous craignez de rencontrer mes yeux !

Il essaie de capter son regard qu'elle détourne. Ils se mettent ainsi à tourner l'un autour de l'autre, elle pour l'éviter, lui pour saisir son regard.

L'AUTEUR *crie.*

Arrêtez ! C'est grotesque.

BRITANNICUS, *narquois.*

Je ne vous le fais pas dire.

L'AUTEUR *le fusille du regard.*

Vous, mon petit, je ne vous conseille pas de faire le fanfaron. Attendez un peu le cinquième acte, qu'on vous tende la coupe de la réconciliation. On verra si vous ferez toujours le fier.

BRITANNICUS

Parce que vous avez l'intention de montrer cette scène ?

L'AUTEUR

Pourquoi pas ?

BRITANNICUS

C'est contraire à toutes les règles de l'art dramatique. On raconte les assassinats, on ne les montre pas.

L'AUTEUR

C'est une erreur ! J'ai toujours pensé, d'ailleurs, que les règles de la construction théâtrale étaient beaucoup trop étriquées. Le meurtre d'un personnage qu'on vient rapporter, c'est un peu classique. Il faudra bien que le public admette un jour de voir ce qu'autrefois il se contentait d'entendre. Ce sont là les préjugés qui, comme disait Victor Hugo, paralyse l'action. Mais qu'est-ce que je raconte ? Victor Hugo n'existe pas encore. Enfin bref, il est temps de réviser ces conceptions d'un autre âge.

BRITANNICUS

Ce que vous dites là est tout à fait révolutionnaire.

L'AUTEUR

N'employez pas, mon jeune ami, des mots dont vous

ignorez la portée et le sens profond. Disons simplement que je suis un peu en avance sur mon temps, voilà tout.

BRITANNICUS

Vous croyez vraiment à ce que vous dites ?

L'AUTEUR

Naturellement. Les choses sont appelées à évoluer bien plus qu'on ne le soupçonne. On m'a souvent taxé de mièvrerie, mais je ne doute pas qu'un jour, certains auteurs n'hésitent pas à aller beaucoup plus loin que moi en ce domaine, a exposer leurs sentiments, leurs états d'âme, à s'épancher. On en viendra à ce qu'on pourrait appeler… je ne sais pas moi… disons une sorte de romantisme. Le mot ne veut rien dire, je vous le concède, je viens de l'inventer. Mais il est joli et correspond assez bien à ce que je pense. Vous me suivez ?

BRITANNICUS

Pas du tout.

L'AUTEUR

Ça ne fait rien. C'est l'inconvénient d'être un peu en avance sur son temps. Continuez.

BRITANNICUS.

Néron, vous plairait-il ? Vous serais-je odieux ?
(Il demande à l'auteur.) Je dois dire odi-ieux ?

L'AUTEUR

Naturellement, sinon il n'y aura que onze pieds.

BRITANNICUS *reprend.*

Néron, vous plairait-il ? Vous serais-je odi-iieux ?

L'AUTEUR

N'insistez pas tout de même, sinon on va s'en apercevoir. Un vers raté, dans la masse ça passe inaperçu à condition de ne pas le faire remarquer.

BRITANNICUS.

Néron, vous plairait-il ? Vous serais-je odieux ?
Ah ! Si je le croyais… nom de Dieu, Madame…

L'AUTEUR

Tsss ! Tsss ! Tsss ! Surtout pas de jurons de ce genre. J'ai déjà suffisamment d'ennuis avec Port-Royal, alors rien qui puisse choquer la religion. Dites simplement : « au nom des dieux », avec un « d » minuscule, ça veut dire la même chose, et ça ne scandalise personne.

BRITANNICUS

Ah ! Si je le croyais… au nom des dieux, madame,
Éclaircissez ce trouble où vous jetez mon âme.
Parlez. Ne suis-je plus dans votre souvenir ?

JUNIE

Retirez-vous seigneur ; l'empereur va venir.

BRITANNICUS, *dépité, à l'auteur.*

Qu'est-ce que je dois faire ?

L'AUTEUR

Sortez. Elle vient de vous le dire.

Britannicus adresse un pauvre regard à Junie qui l'évite. Manifestement navré, il se résigne à quitter la scène.

NÉRON

Madame…

JUNIE

Non, seigneur, je ne puis rien entendre.
Vous êtes obéi. Laissez couler du moins
Des larmes dont ses yeux ne seront pas témoins.

Elle sort.

NÉRON, *à l'auteur.*

Qu'est-ce qu'elle fait ?

L'AUTEUR

Elle va pleurer ailleurs.

NÉRON

Et moi ?

L'AUTEUR

Quoi, vous ?

NÉRON

Je reste sur ma faim.

L'AUTEUR

Que voulez-vous que j'y fasse ? Ce sont les règles du théâtre.

NÉRON

Vous avez dit vous-même qu'elles étaient stupides.

L'AUTEUR

Elles sont peut-être stupides, mais je dois m'y conformer.

NÉRON

Alors comme ça elle m'écharpe ? Mais c'est un monde ça. Qui gouverne ici ? Bon sang, l'État, c'est moi.

L'AUTEUR

Non, ça, c'est Louis XIV.

NÉRON

Évidemment, les mots historiques, ils les ont tous pris.

L'AUTEUR

Louis XIV vous est largement postérieur.

NÉRON

C'est bien ce que je disais. Donc, c'est de moi. *(Il arpente la scène, nerveux.)* Non, elle est complètement stupide votre pièce. Tout cela ne tient pas debout.

L'AUTEUR

Dites donc, vous n'êtes pas qualifié pour en juger.

NÉRON, *insolent.*

Parce que vous, vous croyez l'être. Vous êtes bien tous les mêmes, vous autres dramaturges. Vous imaginez que l'essentiel tient dans la parole, mais la vie, c'est autre chose. Ce qu'on dit et rien, c'est du pareil au même. Les actes seuls importent, tout le reste, est superflu.

L'AUTEUR, *méprisant.*

C'est une opinion très personnelle.

NÉRON

En tout cas, c'est la mienne. Naturellement, vous ne

pensez qu'à faire du texte. Vous vous gavez de phrases. Croyez-vous tellement à l'efficacité de la discussion ?

L'AUTEUR

Je n'ai pas dit ça. Mais quant à nier la tendance naturelle de l'homme au bavardage… Et puis il y a quand même des choses qu'il faut expliquer.

NÉRON

Expliquer quoi ? Tout le monde se moque de vos explications. Examinez les choses près, vous verrez qu'en fait on converse peu. Le seul personnage avec lequel on dialogue volontiers, c'est soi-même – parce qu'avec celui-là, on n'est pas déçu –. Mais ça, ça ne s'appelle pas discuter, ça s'appelle radoter. On n'en finit plus de dialoguer seul. C'est incroyable quelquefois : on s'écouterait pendant des heures. Et on ne tarit pas. Mais aux autres, on n'a rien à dire. Et même quand on fait semblant de leur parler, ce n'est jamais à eux qu'on s'adresse, c'est encore à soi.

Surgit le notaire, habillé en messager du roi.

LE MESSAGER, *saluant l'auteur.*

Monsieur, le Roi me prie de vous remettre ceci. *(Il lui tend un parchemin.)* Il s'agit, eu égard à votre immense talent, de votre nomination à l'Académie française au siège de monsieur Pierre Corneille.

L'AUTEUR, *surpris.*

Monsieur Corneille est mort ?

LE MESSAGER

Non point, Monsieur. Mais la comparaison de ses

écrits à une œuvre telle que la vôtre force bien à convenir qu'il n'est qu'un auteur assez médiocre. Le Roi, dans ces conditions, s'est vu obligé d'admettre que monsieur Corneille n'avait pas sa place parmi les académiciens. Aussi a-t-il décidé d'exclure votre rival pour vous offrir sa place.

L'AUTEUR

Vous êtes sûr ?

LE MESSAGER

Voyez vous-même, Monsieur, c'est signé du roi.

L'AUTEUR *consulte le parchemin.*

C'est ma foi bien vrai. Est-ce que par hasard on ferait entrer à l'Académie française des auteurs de talent ? *(Il reste un instant songeur.)* J'ai comme l'impression qu'il y a quelque chose qui cloche. Mais quoi ? *(Il demande.)* Dites-moi, c'est le Roi, à présent, qui procède aux nominations à l'Académie française ?

LE MESSAGER

Oui Monsieur, cela fait partie de ses nouvelles attributions.

L'AUTEUR

Bizarre ! Extrêmement bizarre !

Le téléphone sonne.

L'AUTEUR

Qu'est-ce que c'est ?

LE MESSAGER *décroche.*

Le téléphone, Monsieur.

L'AUTEUR

Le téléphone ? Qu'est-ce que c'est que ça ?

LE MESSAGER *saisit le combiné.*

C'est une nouvelle invention tout à fait géniale qui permet de converser, sans se déplacer, avec une personne qui se trouve à plusieurs lieues de distance.

L'AUTEUR

Et cette personne vous entend ?

LE MESSAGER

Comme vous l'entendez.

L'AUTEUR

Mais elle ne vous voit pas.

LE MESSAGER

Non, pas encore, mais il ne faut pas désespérer, cela viendra. Vous permettez ? *(Il porte le combiné à son oreille.)* Allô!... Ne quittez pas, je vous le passe. *(À l'auteur.)* C'est pour vous.

L'AUTEUR, *sur la défensive.*

Pour moi ?

LE MESSAGER

Oui, prenez.

L'AUTEUR *saisit le combiné*
d'un air méfiant comme s'il risquait de lui éclater dans la main. Il demande.

Qu'est-ce que j'en fais ?

LE MESSAGER

Vous appliquez la partie du haut contre votre oreille de telle façon que celle du bas se trouve en face de votre bouche. De cette manière, vous entendez d'un côté et parlez de l'autre.

> **L'AUTEUR**, *approchant prudemment le combiné.*

Ce n'est pas dangereux au moins ?

LE MESSAGER

Aucun risque.

> **L'AUTEUR**, *toujours méfiant murmure.*

Je n'entends rien.

LE MESSAGER

Dites allô.

L'AUTEUR

Pourquoi Allô ?

LE MESSAGER

Ça veut dire j'écoute.

L'AUTEUR

Alors autant dire j'écoute.

LE MESSAGER

On peut aussi dire j'écoute.

> **L'AUTEUR** *doucement.*

J'écoute. *(Un temps.)* J'écoute mais j'entends rien.

LE MESSAGER

Parlez plus fort : j'écoute.

L'AUTEUR *crie.*

J'écoute.

Le noir soudain.
La lumière revient presque aussitôt. L'auteur est seul, assis à son bureau, sans perruque et vêtu comme au début de la pièce. Il parle au téléphone.

L'AUTEUR

Comment allez-vous mon cher Directeur?... Si ma pièce avance ?... Mais naturellement... Vous dire exactement où j'en suis?... Ah ! C'est difficile. Vous savez qu'il n'est pas habituel pour un auteur de parler de son œuvre avant qu'elle ne soit achevée... Vous dites?... Oui, c'est évidemment une tradition idiote, comme toutes les traditions d'ailleurs, seulement on est bien obligé de s'y conformer si on veut être pris au sérieux... Oui... Ne vous inquiétez pas, vous aurez ma pièce très bientôt. *(Il ajoute plus bas.)* Enfin, j'espère... Comment ?... Non, je dis : j'espère que vous ne serez pas déçus... C'est cela. À très bientôt cher Directeur.

Pendant qu'il parlait,

le RIDEAU *est tombé.*

TROISIÈME ACTE

Même décor.
Tous les personnages sont en scène, sauf le notaire.
L'auteur somnole à son bureau, Georges fait les cent pas. Les autres sont assis. L'atmosphère est lourde.

GEORGES

Je ne vois qu'une solution.

CLARA *aigre.*

Laquelle ?

GEORGES

Avancer l'assemblée générale de huit jours. Il faut reconvoquer tout le monde pour demain après-midi.

CLARA *hausse les épaules.*

Tu n'y songes pas ?

GEORGES *agressif.*

Tu vois une autre possibilité ? Le rapport des experts est formel. La colonne de direction de la voiture de Claude a été sciée. Pour eux, il ne peut s'agir que d'un acte criminel. Dans deux jours, la police sera là pour enquêter et il ne fait aucun doute qu'ils feront suspendre l'exécution testamentaire jusqu'à ce qu'ils aient tiré des conclusions définitives. Si je n'ai pas déjà pris mes fonctions de PDG, ils nommeront un administrateur judiciaire et nous ne pourrons plus rien faire.

CLARA

Tout cela est grotesque. Allez prétendre qu'il s'agit d'un assassinat : c'est tout à fait ridicule.

JULIEN

La colonne de direction sciée est un fait matériel qui se vérifie.

CLARA

Ne dites pas de bêtises mon petit Julien. Vous savez très bien que votre père roulait très vite. Il a dérapé sur une plaque de verglas : c'est clair.

L'AUTEUR *émergeant de son sommeil.*

Je croyais qu'il était très prudent.

CLARA

C'est faux. Claude roulait comme un fou. À se demander comment cela ne lui est pas arrivé plus tôt.

L'AUTEUR

Pourtant, vous avez dit vous-même...

CLARA *péremptoire.*

J'ai changé d'avis.

JULIEN.

Nous verrons bien si vous saurez en convaincre la police.

CLARA

La police dit n'importe quoi. Ces gens-là inventent des

histoires pour toucher des pots-de-vin de la part des journalistes auxquels ils permettent d'écrire de bons papiers. C'est connu.

L'AUTEUR

Je vous en prie. Pas de réflexions de ce genre. Évitez moi les ennuis. J'ai beau être un ami du préfet, il faut tout de même respecter certaines limites.

CLARA

À qui la faute ? Vous aviez bien besoin de mêler la police à cette histoire.

L'AUTEUR

Je fais ce que je peux. Après ce premier acte médiocre, il fallait bien relancer la pièce.

CLARA

Et c'est tout ce que vous avez trouvé ? Une pièce policière ? Je ne vous félicite pas. C'est d'un minable !

L'AUTEUR

On ne vous demande pas votre avis.

CLARA

Eh bien, je vous le donne quand même ! J'ai l'impression que ce n'est pas vous qui allez résoudre la crise du théâtre.

ROBERT *narquois.*

Il ne faut pas dire ça ma chère amie. Monsieur a du talent. L'inconvénient est qu'il soit le seul à le savoir.

L'AUTEUR

Dites donc vous ! Mêlez-vous de ce qui vous regarde.

ROBERT

Soyez aimables et voyez comment on vous remercie.

GEORGES

Il faut envoyer un télégramme à tous les actionnaires pour les aviser que l'assemblée générale se tiendra demain à quatorze heures.

CLARA

Ça ne servira à rien. La police jouera sur les abstentionnistes faire annuler le procès-verbal de la séance. On connaît leurs méthodes à ces messieurs. Non. Nous sommes dans le pétrin et nous y sommes bien. Ah ! C'est bien la France ! On vous oblige à souscrire une assurance, on a l'essence la plus chère du monde, on vous colle des péages tous les cinq kilomètres et on ne peut même pas avoir un accident tranquille sans que la police vienne y fourrer son nez.

JULIEN *sans animosité.*

Si mon père a été assassiné, il est normal qu'on cherche à découvrir la vérité.

CLARA

Quelle vérité ? Écoutez mon petit Julien, il y a quand même des choses qu'il faut que vous compreniez. Ni vous, ni personne n'a intérêt à ce que cette histoire prenne de trop grandes proportions. Nous sommes une famille honorablement connue dans la région et nous n'avons rien à gagner dans un éventuel scandale. Vous portez, vous aussi, le nom des la Pétaudière et, croyez-moi, vous ne tirerez rien d'une opération qui aboutirait à le salir. Imaginez un peu où cela risque de nous mener. Je vois d'ici les manchettes des journaux à scandale, si tant est qu'il y en ait d'autres.

ROBERT

« L'affaire la Pétaudière a éclaté ».

L'AUTEUR

Je vous en prie, vos plaisanteries ne font rire personne.

JULIEN, *doucement, après un temps.*

Puisqu'il ne fait aucun doute que mon père a été victime d'un acte criminel, il est de mon devoir de faire en sorte que les coupables soient découverts et châtiés.

CLARA

Quels coupables ? Vous savez très bien que cette histoire ne tient pas debout. D'ailleurs, à supposer qu'il y ait vraiment eu crime, tout le monde sait très bien qu'on ne retrouvera jamais les auteurs. Ces gens-là, une fois leur forfait accompli, disparaissent dans la nature et plus personne n'entend parler d'eux.

JULIEN

Ce n'est pas un voyou de passage qui s'est amusé à saboter la voiture, simplement par plaisir, se contentant, ensuite, de ficher le camp.

CLARA

Qu'en savez-vous ? Ces bandits sont capables de tout. Nul ne l'ignore.

ROBERT

C'est vrai, moi on m'a bien volé mon bouchon d'essence.

JULIEN

Je ne vois pas le rapport.

ROBERT *vexé.*

Évidemment, ce n'est pas votre voiture.

JULIEN

D'ailleurs, la voiture de papa ne quittant pratiquement jamais le garage de l'usine, j'imagine mal un type s'introduisant, au risque de se faire prendre à tout instant, dans le seul but de commettre un acte gratuit.

GEORGES *siffle, admiratif.*

Puissamment raisonnée. On en apprend des choses à Oxford.

JULIEN

Moque-toi si tu veux, mais je te jure que la lumière sera faite. Tu as ma parole d'honneur.

CÉLINE

Julien a raison, il faut que justice soit faite.

GEORGES

Ah ! Il y avait longtemps que tu n'avais pas pris sa défense à ton petit Julien. Ça devrait te manquer.

CÉLINE

Tu peux garder tes réflexions pour toi.

GEORGES

Il est vrai que je ne suis jamais destiné qu'à devenir ton mari, tandis qu'à lui, tous les espoirs sont permis.

CÉLINE *se dresse, outrée.*

Oh ! Tu es dégoûtant.

GEORGES, *tel un marchand à la criée.*

Et voilà ! C'est reparti !

CÉLINE *les regarde comme une bête traquée.*

Vous me dégoûtez, tous.

Elle sort en larmes, claquant la porte.

GEORGES

La crise de nerfs. Il ne nous manquait plus que ça. *(À l'auteur.)* Je suis curieux de savoir comment vous allez vous y prendre pour démêler tout ça.

L'AUTEUR

Démêler quoi ?

GEORGES

Votre petite affaire policière. Maintenant que vous l'avez mise en route, il va bien falloir trouver un coupable.

L'AUTEUR

Ce n'est pas ce qui me préoccupe. Un coupable, j'en trouverai toujours. Là n'est pas le problème.

GEORGES.

Dites si vous êtes si malin.

L'AUTEUR, *pris de court.*

Oui… oh !… euh…

ROBERT

Mais encore ?

L'AUTEUR, *cassant.*

Cherchez à qui profite le crime.

GEORGES, *soudain inquiet.*

Que voulez-vous dire ?

L'AUTEUR

Vous m'avez très bien compris.

GEORGES

Ah ! Non. Vous en avez dit trop ou trop peu. Précisez votre pensée.

L'AUTEUR

Vous me paraissez être un coupable tout désigné.

GEORGES

Tiens donc ! Voilà de nouveau.

ROBERT *entonne*
sur l'air de la marche de la légion.

Tiens voilà du nouveau, voilà du nouveau.

L'AUTEUR, *à bout.*

Oh vous ! C'est la dernière fois !

GEORGES

N'est-ce pas trop indiscret de vous demander quelques explications ?

L'AUTEUR

Tout est très clair. Qui bénéficie de cette mort, si ce n'est vous, puisque vous héritez du plus gros de la fortune du défunt et devenez président-directeur général de la société qu'il laisse ?

GEORGES

Vous oubliez que j'aurais de toute façon succédé à Claude. Un peu plus tôt, un peu plus tard, je ne vois pas l'importance. *(Un temps, il ajoute.)* Ma mère aussi, dans ce cas, avait intérêt à cette disparition puisqu'elle espérait ce que l'on pourrait appeler… « la régence ».

CLARA *sursaute.*

Quoi ?

GEORGES

Excuse-moi, Maman, mais je me défends comme je peux. D'ailleurs, nous ne sommes pas les seuls suspects. Robert est avec nous. N'est-ce pas Robert ?

ROBERT *sursaute à son tour.*

Qu'est-ce que vous dites ?

GEORGES

Je suis désolé mon cher.

ROBERT

Vos plaisanteries sont d'un goût douteux.

GEORGES

Elles n'ont pas la saveur des vôtres, mais, malheureusement, il ne s'agit pas de plaisanterie. En tant qu'amant de ma mère, la mort de Claude vous arrange bien.

ROBERT, *outré.*

Ce petit galopin dit n'importe quoi.

GEORGES

Pas d'injures, je vous prie. Nous sommes entre gens bien élevés.

ROBERT

Mais enfin, c'est un monde. *(À l'auteur.)* Vous n'allez pas lui permettre de proférer pareilles inepties ?

L'AUTEUR

Votre réaction laisse penser qu'il n'est peut-être pas si loin de la vérité. Votre attitude fait de vous un suspect… suspect, si j'ose dire.

ROBERT, *qui ne goûte pas du tout.*

Oh ! Que c'est fin !

GEORGES

Et puis il y a aussi notre cher Julien. Après tout, pourquoi pas ?

L'AUTEUR

Lui ? Impossible. C'est le seul personnage de la pièce qui soit propre.

GEORGES

Parce que vous y croyez vous aux personnages tout propres, tout nets ? À ceux qui n'ont rien à se reprocher ? Aux purs ? Vous êtes un utopiste. Il a son côté crapule, comme tous les autres. Seulement chez lui c'est moins voyant parce que c'est un timide. Supposez qu'on découvre que l'assassin de Claude soit ma mère. Ou moi. Le testament serait naturellement remis en cause. Qui en tirerait les bénéfices si ce n'est le petit Julien, fils légitime de la victime ?

JULIEN, *calme.*

Tu oublies que j'étais en Angleterre.

GEORGES

Excellent alibi, je te le concède. Le trajet Londres-Paris ne demande pas plus d'une heure dix en avion. Je ne te l'apprends pas. Tu l'a fait plus souvent que moi.

JULIEN *se lève.*

Tu dis n'importe quoi. Si mon père a été assassiné, comme c'est probable, je t'assure que je trouverai le coupable. Tu peux me faire confiance. Maintenant, j'ai entendu assez de bêtises pour la soirée, je vais aller prendre un peu l'air, ça me changera.

Il sort.

GEORGES, *quand Julien a disparu.*

Et de deux. *(À l'auteur.)* Si tous vos personnages s'en vont ainsi les uns après les autres, vous allez bientôt arriver à une pièce à personnage unique. C'est votre directeur qui va être content. Vous allez sérieusement alléger son budget. *(Un temps, il ajoute.)* À mon avis, c'est lui. Sa sortie a quelque chose de louche.

L'AUTEUR

Je vous ai dit que c'était impossible. C'est le seul personnage qui ne soit pas laid. Le public n'acceptera jamais une fin pareille.

GEORGES

Alors pour ne pas déplaire au public, vous êtes prêts à accuser n'importe qui ?

L'AUTEUR

Il faut quand même que ce soit un peu moral.

GEORGES

Parce que vous trouvez ça moral ? Jolie mentalité ! Qu'en pensez-vous mon cher Robert ?

ROBERT, *désabusé.*

Oh ! Moi, je n'ai plus le moral.

CLARA, *après un temps.*

Pour une fois, Georges a raison. Il est quand même inconcevable que ce soit toujours les mêmes qui paient les pots cassés.

L'AUTEUR

Que voulez-vous dire ?

CLARA

Que sous prétexte que l'on est un peu canaille – encore faudrait-il s'entendre sur la signification de ce terme – c'est systématiquement sur vous que retombent les ennuis.

L'AUTEUR

Ça me paraît être une règle élémentaire de justice.

GEORGES

Vous appelez ça justice ? Mais on n'a pas choisi, nous, d'être des ordures. On est né comme ça. Vous croyez que c'est drôle tous les jours d'être une saloperie ? Ce n'est pas à la portée de n'importe qui et croyez-moi ça demande parfois un certain courage.

L'AUTEUR

N'exagérons rien.

GEORGES

Si, Monsieur. D'ailleurs, les véritables ordures ne sont pas celles que vous croyez, mais bel et bien ceux que vous protégez. Car soyez persuadé que ce n'est pas l'envie qui leur manque, à ceux-là, d'agir comme nous. Seulement ils n'osent pas, parce qu'ils ont peur. Peur de déranger leurs petites habitudes, peur de perdre leur tranquillité. Et tout au fond d'eux-mêmes, ils ne peuvent s'empêcher de penser que, parfois, ils voudraient bien être à notre place histoire de nous damer le pion. Et tout le monde les admire, tout le monde les protège et les prend en pitié, alors que ce ne sont que des hypocrites qui ne savent que dissimuler leur jalousie et leur manque de courage derrière leur mépris et leur haine.

L'AUTEUR

Pourquoi leur haine ?

GEORGES

Parce qu'ils n'ont que ça en eux. – Comme nous d'ailleurs –. Mais nous, ce n'est pas pareil, c'est officiel.

L'AUTEUR

Bon sang, on ne vous demande pas la lune, mais vous pourriez au moins faire des efforts.

CLARA

Des efforts ? Tu en parles à ton aise. En as-tu jamais fait des efforts, toi ?

L'AUTEUR, *net.*

Permettez. Mettons clairement les choses au point. J'admets la discussion – après tout la participation est à la mode –, mais je vous en prie, gardons nos distances. Pas de familiarité entre nous. Je vous prie de ne pas me tutoyer.

CLARA *sidérée.*

Comment ne pas te tutoyer ? C'est nouveau ça. Vingt-cinq ans que nous sommes mariés et il faudrait que je te vouvoie maintenant ? Tu dérailles complètement mon pauvre ami.

L'AUTEUR, *qui ne comprend plus.*

Comment cela vingt-cinq ans que nous sommes mariés ?

CLARA

Tu ne vas tout de même pas me dire que tu l'as oublié ? Tu as l'Alzheimer précoce !

L'AUTEUR *s'arrache les cheveux.*

Enfin, ce n'est pas possible ? Je suis en train d'écrire une nouvelle pièce et je ne vois pas ce que ma femme vient faire là-dedans. Tous les personnages sont uniquement de mon invention.

CLARA, *méprisante.*

De ton invention ? As-tu jamais été capable d'inventer quoi que ce soit ? Tu as toujours chipé tes idées à droite ou à gauche.

L'AUTEUR

La question n'est pas là. Voyons, tâchons d'être précis. Je me suis enfermé ce matin dans mon bureau pour travailler à une pièce dont j'ai déjà écrit le premier acte. De ça je me souviens très bien. Je l'ai relu, c'était très moyen, et puis après, après,... *(il essaie de se souvenir.)*

CLARA

Tu t'es endormi, comme d'habitude, fainéant.

L'AUTEUR

Je t'en prie, *(il désigne Georges et Robert)* pas devant des étrangers.

CLARA

Des étrangers ? Notre neveu et un de nos amis intimes ? Ma parole, tu as complètement perdu la boule.

L'AUTEUR *comprend de moins en moins.*

Parce que ce sont…

CLARA

Tu ne vas pas me dire aussi que tu ne les connais pas ?

L'AUTEUR *balbutie.*

Bien sûr, bien sûr… je connais Robert, je connais Georges, pourtant cela n'explique rien. Je ne vois pas le rapport entre vous et les personnages de ma pièce.

CLARA

Le rapport ? Mais mon pauvre ami, tu n'a jamais été foutu d'écrire une pièce sans qu'il soit question de ta vie privée. Car quoi que tu veuilles paraître, tu n'es qu'un cabotin. Ton exhibitionnisme frise même l'indécence.

L'AUTEUR

N'exagérons rien, j'écris des comédies qui ne sont ni des confessions ni des autobiographies.

CLARA

Tu devrais expliquer ça au public.

L'AUTEUR

Je suppose qu'il fait la part des choses. D'ailleurs bien malin celui qui s'y retrouve. Moi-même, je m'embrouille tellement.

CLARA

C'est pour ça que ton théâtre est si mauvais.

L'AUTEUR

Je fais ce que je peux.

CLARA

Tu prêches, tu donnes des leçons à tout le monde, mais tu ferais bien de t'étudier un peu mon ami. Tu t'es toujours complu dans la facilité. Tu as toujours tout pris par-dessus la jambe. Tu ne penses qu'à critiquer, qu'à railler. C'est facile de critiquer.

ROBERT *lève le doigt sentence.*

La critique est facile, mais l'art est difficile.

L'AUTEUR *rectifie.*

La critique est « aisée ».

ROBERT

C'est la même chose.

L'AUTEUR

Quand on fait une citation, on la fait ad litteram.

ROBERT, *qui ne doit pas savoir
ce que cela veut dire.*

Évidemment.

CLARA

Tu t'es toujours vanté de ton calme quasi légendaire, mais ça ne te coûtait rien de ne jamais te mettre en colère. Tu désirais seulement ta petite tranquillité, bien égoïste, et en plus, tu avais les cordes vocales fragiles.

L'AUTEUR

Parce que tu t'imagines que ça ne m'a jamais demandé d'effort de garder mon sang-froid ? Permets-moi de te dire que tu te trompes lourdement. Il y a des fois où ça m'aurait bien soulagé d'éclater, moi aussi. Ça m'aurait évité des crampes d'estomac. Seulement à part ça, je ne vois pas très bien ce que ça m'aurait apporté sinon une occasion supplémentaire d'être grotesque et j'en avais suffisamment comme ça. *(Il ajoute, changeant de ton, un peu étrange.)* Il est vrai que tout cela était probablement de l'orgueil et que ce que tu appelles mon calme quasi légendaire, c'est probablement dans ce but que je l'avais entretenu. C'est sans doute aussi une des raisons qui m'ont poussé à écrire. À défaut de me mettre en colère, je n'avais qu'à écrire les scènes que je ne faisais jamais.

CLARA

Bien enfermé dans ton bureau dont tu interdisais l'accès à tout le monde.

L'AUTEUR

Naturellement. Si tout le monde y était entré pour m'y regarder me ficher en boule, je n'aurais plus eu de raisons d'écrire.

CLARA

Alors, Monsieur s'enferme tous les matins dans son bureau pour y pousser sa petite colère et quand il est soulagé, il sort et il voudrait que tout le monde soit détendu. *(Elle crie.)* Mais moi, est-ce que tu te demandes si ça me convient ta façon d'arranger les choses ? Est-ce que je ne peux pas avoir envie d'éclater de temps en temps, moi aussi ? Je ne me suis pas mise à écrire moi.

L'AUTEUR

La littérature entière t'en est reconnaissante.

CLARA

C'est cela, fais de l'esprit. En attendant, j'ai des nerfs moi aussi et il faut bien que je les passe sur quelqu'un.

L'AUTEUR

Je t'ai fait trois enfants et je te paye une bonne pour cela. Ne te plains pas.

CLARA *le toise.*

Tu es toujours aussi drôle. Étonne-toi que j'en aie eu assez. J'avais envie de vivre moi aussi. J'avais le droit d'attendre une vie un peu plus drôle que celle que tu m'as faite. Car ton cynisme n'amuse que toi.

L'AUTEUR

Je n'en demande pas davantage.

CLARA

Tu n'es qu'un abominable égoïste.

L'AUTEUR

Oui, mais moi je le sais.

CLARA

Tu n'as jamais pensé qu'à toi. Mais moi, j'existais moi aussi. Seulement ça n'avait pas d'importance.

L'AUTEUR

Robert ! Défendez-vous mon vieux. Vous êtes son amant et elle se plaint de ne pas être choyée. À votre place, je ne serais pas fier.

CLARA

Toujours tes mauvaises plaisanteries. Tu ne me reproches quand même pas d'avoir pris un amant ?

L'AUTEUR

Je ne te reproche rien. Je regrette seulement que tu aies choisi un imbécile.

ROBERT *sursaute.*

Comment ?

L'AUTEUR

Ne vous vexez par mon vieux. Ce n'est pas une calamité. Vous représentez le parti qui a le plus d'adhérents et qui plus est, les plus fidèles.

ROBERT

Monsieur, j'exige des excuses.

L'AUTEUR

C'est bon. Je ne retire pas ce que j'ai dit, mais je vous fais mes excuses.

ROBERT

Monsieur, puisqu'il en est ainsi, nous nous battrons. Mes témoins se présenteront à vous demain matin.

L'AUTEUR

Nous battre ? Et pourquoi donc ? La vérité n'a jamais été une offense que je sache.

ROBERT

Alors giflez-moi, Monsieur.

L'AUTEUR

Vous gifler ? Je ne vois vraiment pas pourquoi.

ROBERT

C'est bon. Puisqu'il en est ainsi… *(Il gifle l'auteur qui le lui rend du tac au tac.)* Aïe ! Qu'est-ce qui vous prend ? Vous êtes malades ? *(Il se frotte la joue.)*

L'AUTEUR

Excusez-moi, cela aura été un mauvais réflexe.

ROBERT

Monsieur, j'attendrai vos témoins.

L'AUTEUR

C'est bon, puisque vous y tenez, nous nous battrons. Je suis l'offensé, j'ai le choix des armes. Je choisis le porte-plume.

ROBERT

Monsieur, vous vous moquez !

L'AUTEUR

Pas le moins du monde. La plume est une arme comme les autres qui devraient être utilisée plus souvent en combat singulier, parce qu'à défaut d'être moins dangereuse, elle est moins barbare. Maintenant, si vous le voulez bien, nous laisserons à nos témoins le soin de régler les détails de cet affrontement. Cessez donc de me dire « Monsieur » et appelez-moi Henri comme d'habitude.

ROBERT, *à Clara.*

Ma chère amie, votre mari est un goujat.

Il va s'asseoir, boudeur.

L'AUTEUR

Je me demande vraiment pourquoi vous faites tant d'histoires. Comme si les mots avaient tellement d'importance.

CLARA

Tu avoueras que ton attitude est des plus indélicates.

L'AUTEUR

Évidemment. Face à un homme qui m'a fait cocu, je ne sais pas si je peux me permettre.

CLARA

Ta tendance à appuyer sur certaines choses est des plus déplacée. Je ne sais pas ce que tu as contre Robert, mais mon pauvre ami tu deviens lassant.

L'AUTEUR

Je n'ai rien contre Robert. Je sais qu'il tient beaucoup à toi et, dans un sens, je le comprends.

CLARA

On peut savoir ce que tu veux encore insinuer ?

L'AUTEUR

Je n'insinue rien. Je me dis seulement que s'il te perdait, il perdrait beaucoup.

CLARA

Je n'aime pas beaucoup ce genre de sous-entendus. Robert n'est pas un maquereau, tu le sais très bien.

L'AUTEUR

Loin de moi cette pensée. D'ailleurs, si je me réfère à l'odeur, ça se rapprocherait plutôt du hareng. *(À Robert.)* Vous devriez changer d'eau de toilette mon vieux. La vôtre pue.

ROBERT *bondit.*

Monsieur, je ne tolérerai pas.

CLARA *agacée.*

Asseyez-vous Robert. Vous n'allez pas encore proposer de lui envoyer vos témoins. Au rythme où vous y allez, la ville entière n'y suffira pas.

Robert se rassoit, boudeur.

CLARA *poursuit, s'adressant à l'auteur.*

Mon cher ami il fut un temps où tu avais un peu plus d'esprit. À défaut d'être agréable, tu n'étais pas tout à fait odieux.

L'AUTEUR

Si vous ne preniez pas la mouche à tout instant, vous me fourniriez peut-être moins d'occasions de l'être. *(Il désigne Georges.)* Regarde de notre neveu. Depuis le temps que je le traite de crapule, il n'a jamais songé à s'en offusquer. Et pourtant, lui, c'en est un, maquereau. Un vrai qui vit à nos crochets sans la moindre gêne. N'est-ce pas, Georges ?

GEORGES, *sourire en coin.*

Naturellement, mon oncle. Figurez-vous qu'il y a belle lurette que j'ai renoncé à répondre à vos sarcasmes. Ce serait vous donner trop de plaisir. Quoi qu'il en soit, je ne suis pas tout à fait d'accord avec votre version des faits. Je n'ai pas vraiment l'impression de vivre à vos crochets. Je jouis de vos subsides, certes, mais en échange, je vous ai fourni le sujet de vos meilleures pièces. Il s'agissait ni plus ni moins que d'un contrat tacite entre nous. Donnant–donnant.

L'AUTEUR

Ce qui me surprend toujours, c'est la facilité avec laquelle, vous qui ne connaissez rien au théâtre, en parlez.

CLARA, aigre.

Nous n'avons pas ton génie.

L'AUTEUR

Ne parlons pas de génie. Je suis un auteur assez médiocre qui, à défaut d'avoir du talent, s'astreint à un certain travail. Je n'ai pas tellement d'idées, mais j'ai quand même beaucoup lu et ça m'a un peu servi. Tout ce qui se tient un peu dans mes pièces n'est en réalité pas souvent de moi. Je crois que j'ai à peu près pillé tout le monde, des anciens jusqu'aux modernes, en passant par les classiques – même les tragiques – et quelquefois les romantiques. Il m'arrive d'ailleurs de me demander si les idées originales ça existe. Je crois qu'on est un peu tous plagiaires dans le fond. Ce qui me console, c'est que même Molière en est arrivé là pour certaines de ses pièces. D'ailleurs, comme disait Giraudoux, au théâtre, le sujet importe peu, ce qui compte c'est le style. *(Il conclut, un peu mélancolique.)* Malheureusement, je n'ai pas le style de Giraudoux.

CLARA

Il faut reconnaître que tu ne t'es pas souvent donné le mauvais rôle.

L'AUTEUR

Qu'est-ce que tu en sais ? Vous êtes bien tous les mêmes, vous raisonnez comme des primaires. Vous me rappelez mon adjudant de discipline quand je faisais mon service militaire. Il se croyait obligé d'être vache de peur, disaient-ils, qu'on le prenne pour un imbécile. Le pauvre, s'il avait su, il aurait fait moins d'efforts. Eh bien, votre façon de voir les choses est aussi bête que ça. Figurez-vous qu'un auteur ne se dissimule pas derrière UN personnage, ce serait un peu simpliste, et aussi sans grand intérêt, il se cache derrière plusieurs d'entre-eux. Quelquefois même certains qu'on ne soupçonnerait pas. C'est le moyen qu'il a de sauvegarder son intimité. Quand vous vous croyez visés, toi Clara, ou bien notre cher neveu, ou même notre bon ami Robert…

ROBERT sursaute.

Monsieur, je vous prie de ne plus m'adresser la parole.

L'AUTEUR

Rassurez-vous, je ne vais rien dire qui risque de vous offenser. *(Il poursuit.)* Eh bien, c'est un peu moi tous ces personnages que vous imaginez être les vôtres.

GEORGES, *ironise.*

Je commence à comprendre certaines choses.

L'AUTEUR sourit.

Je n'ai pas dit qu'ils étaient entièrement moi. Ça fait partie de ma petite cuisine. Je reconnais que tout cela est un peu compliqué, mais si ça pouvait décourager les imbéciles qui passent leur temps à tout analyser et croient pouvoir tout expliquer, je crois que ce ne serait déjà pas si mal.

Julien surgit, tout pâle.

JULIEN

Céline a tenté de se suicider.

CLARA *sursaute.*

Qu'est-ce que vous dites ?

JULIEN

Je l'ai trouvée dans sa chambre, étendue sans connaissance. Le tube de médicaments, sur la table de chevet est entièrement vide.

CLARA

Allons bon ! Un suicide maintenant. Comme si nous n'avions pas assez d'emmerdements.

Elle sort, suivie de Julien.

L'AUTEUR

Qu'est-ce que c'est encore que cette histoire ?

GEORGES

Sans doute la suite de votre pièce.

L'AUTEUR, *désespéré.*

Toujours des coq-à-l'âne. Décidément, ça va faire une très mauvaise pièce. J'entends déjà les critiques...

GEORGES

Avouez que vous ne l'aurez pas volé.

L'AUTEUR

Essayez donc de vous mettre à ma place si vous êtes si malin.

GEORGES

Il n'y a aucune raison. Après tout, vous l'avez voulu. Seulement quand on n'est pas foutu de suivre une idée et de construire quelque chose de cohérent, on ne fait pas du théâtre, cher Maître.

ROBERT

En tout cas, j'ai l'impression que nous n'allons pas nous coucher de bonne heure, ce soir. Moi qui ai un banquet, demain midi, avec les médaillés militaires, j'aimerais bien être en forme. Je vais aller m'étendre en attendant la suite des événements. Si on me cherche, je suis dans ma chambre.

Il sort.

L'AUTEUR

Il est ignoble.

GEORGES

Non, il est con. Notez qu'il n'a pas tout à fait tort. On a déjà assez de mal à s'occuper de soi, si en plus il faut se mêler des affaires des autres on n'est pas sorti de l'auberge.

L'AUTEUR

Et vous, vous n'allez pas voir ?

GEORGES

À quoi bon ? Je ne suis pas médecin et j'ai horreur du sang ou de la vue d'une personne inanimée. Sous mes dehors de dur, en fait, je suis un sensible. Je n'aime pas voir souffrir.

L'AUTEUR

C'est quand même votre fiancée.

GEORGES

Qu'est-ce que cela change ? Je ne sais pas ce que vous en pensez, vous qui avez des idées sur tout, mais je trouve plutôt malsain, lors d'un accident de la route par exemple, tous ces gens qui s'agglutinent autour du blessé ou du mort pour voir s'il souffre vraiment. Ce voyeurisme me répugne. J'ai toujours pensé que ce sont ceux-là qu'on devrait traîner devant les tribunaux et non pas ceux qui ont la pudeur de tourner la tête, de s'en aller discrètement et qu'on accuse de non-assistance. Maintenant, en ce qui concerne Céline, n'ayez aucune crainte. D'abord, elle n'est pas morte, au moins jusqu'à preuve contraire, et puis il ne peut rien lui arriver. Le suicide est ce que l'on rate le plus facilement. Surtout avec des barbituriques.

L'AUTEUR *a un frisson de dégoût.*

Vous vous rendez compte de ce que vous dites ?

GEORGES

J'ai conscience de n'être pas tout à fait ragoûtant, mais je peux vous assurer que c'est à tort. Il n'y a absolument pas lieu de s'inquiéter. Ce serait une fin trop morbide pour votre pièce.

L'auteur le regarde. On peut lire, sur son visage, tout l'écœurement que Georges lui inspire, lequel ne semble pas plus gêné que cela.
Le noir les fige dans cette attitude.
Quand la lumière revient, Georges est assis bien tranquillement. Julien va et vient, pâle, inquiet. L'auteur a disparu.

GEORGES, *indifférent.*

Inutile de te tourmenter inconsidérément. Le médecin

est auprès de Céline, il n'y a vraiment rien à craindre. Depuis l'instauration de la sécurité sociale, ces gens-là ne tuent plus. Les clients sont devenus fidèles, ils s'efforcent de les conserver.

JULIEN

Si elle meurt , je me tuerai.

GEORGES

Voilà qui arrangera les choses ! Au rythme où nous y allons, le caveau de famille sera bientôt complet. Nous n'allons pas regretter d'avoir pris un bail à quatre-vingt-dix-neuf ans.

JULIEN

Tu pourrais peut-être t'inquiéter de son sort.

GEORGES

M'inquiéter ? Pourquoi ? De toute façon, il faut attendre la fin de la consultation pour savoir de quoi il retourne. Je ne vois pas l'utilité de se ronger les sangs à l'avance.

JULIEN *demande brutalement.*

Pourquoi l'épouses-tu ?

GEORGES

Cette question. Parce que je l'aime, pardi.

JULIEN

On ne le dirait pas.

GEORGES

Mon petit Julien, les sentiments ça ne se démontrent

pas, ça se vit. Si je te dis que je l'aime, c'est que je l'aime et tu n'es pas qualifié pour en juger. Maintenant, quand j'affirme qu'il n'y a aucune inquiétude à avoir, j'ai mes raisons. Évidemment, tu n'as pas les mêmes et je conçois que tu te tourmentes quelque peu. Dans dix minutes, tu pourras pousser un grand ouf. Tu ne manqueras certainement pas de penser que tu te serais volontiers passé de ces angoisses, sans les regretter pour autant. C'est tellement bon ce soulagement après une grande frousse. C'est en cela que nous sommes tous vaguement masochistes.

Entre Clara. Julien se précipite au-devant d'elle.

JULIEN

Alors ?

CLARA

Quoi alors ?

JULIEN

Céline ?

CLARA, *réalisant.*

Ah ! Oui. Le médecin est toujours auprès d'elle. Il n'y a aucun souci à se faire, tout va très bien. Elle a d'ailleurs repris connaissance.

JULIEN

On peut la voir ?

CLARA

Attendez tout de même que le médecin en ait terminé.

JULIEN

Je suis fou d'inquiétude.

CLARA

Je l'ai été aussi, mais je suis rassurée. La police n'aura pas à se mêler aussi de cette histoire. *(Elle demande.)* Robert n'est pas là ?

GEORGES

Il est allé se reposer. Le brave homme se sentait, lui aussi, un peu faible.

CLARA, *sèche.*

Je te dispense de tes réflexions.

Elle sort.

GEORGES

C'est fou ce qu'on a de facilité à prendre la mouche dans cette famille. Où devrait se lancer dans les insecticides, on ferait fortune.

JULIEN, *las.*

Tais toi.

GEORGES

Tu n'apprécie pas l'humour ? Tu as tort. La vie n'est déjà pas si drôle. *(Un temps, il demande.)* Tu me méprises n'est-ce pas ?

JULIEN

Oui.

GEORGES

C'est le seul sentiment qu'on m'ait jamais témoigné. Certains s'en émouvraient, moi je trouve que c'est mieux que l'indifférence. *(Un temps, il ajoute, plus doucement.)* Dire que nous avons été les meilleurs copains du monde tous les deux. Tu te souviens au collège ? Les circonstances avaient fait que, malgré nos trois ans d'écart, nous nous étions retrouvés dans la même classe. Tu avais un an d'avance et moi deux de retard. Le hasard, qui a fait de toi un élève brillant et de moi un cancre, a été à l'origine de notre amitié. Te rappelles-tu la fois où j'ai répandu le contenu d'un extincteur dans l'escalier du collège histoire de faire une mauvaise blague ?

JULIEN, *absent.*

Peut-être.

GEORGES

Cette mousse carbonique jaunâtre qui dévalait les marches, c'était dégueulasse ! Naturellement, pas moyen d'arrêter l'appareil. Une fois déclenché, il se vidait entièrement. J'ai bien failli me faire virer ce jour-là. Heureusement que tu t'es dénoncé à ma place. Brillant comme tu l'étais, les chers Frères des écoles chrétiennes ne pouvaient pas te renvoyer. Cela ne t'a pas empêché de bloquer quatre heures de colle. *(Il demande.)* Tu m'en as voulu ?

JULIEN

Non.

GEORGES

C'est drôle, je crois qu'à ta place, je n'aurais pas hésité une seconde à te laisser endosser les ennuis. Il est vrai que ma position n'était pas la même. *(Un temps. Il demande curieusement.)* Tu m'aimais ?

JULIEN

Oui.

GEORGES

Je me demande bien pourquoi. Il est vrai que tu as

toujours eu une attirance pour tout ce qui est un peu minable. C'est ton côté saint-bernard. Tu y as cru à cette amitié, n'est-ce pas ?

JULIEN

Oui.

GEORGES, *dur*.

Moi, je ne t'aimais pas.

JULIEN

Je sais.

GEORGES

Alors pourquoi ? Pourquoi ? J'aurais préféré cent fois ta haine ou ton mépris. Ça ne te coûtait rien, à toi, une amitié. Tu étais naturellement bon. Tu avais toutes les qualités. Moi je n'étais qu'un voyou. – De bon milieu, s'entend. – Ma mère fréquentait déjà la haute société et la perspective d'épouser ton père n'était déjà plus une chimère. La tuberculose de ta mère lui donnait tous les espoirs.

JULIEN, *excédé*.

Tu ne vas pas t'arrêter ?

GEORGES

Pourquoi ? Ça t'ennuie que je sois une ordure ? Tu ne m'as jamais demandé si ça m'ennuyait moi, de te subir toujours avec tes beaux sentiments. Vois-tu, Julien, je crois que nous aurions pu être de vrais amis, mais pour cela il aurait fallu que tu sois un peu différent. Pas quelqu'un de trop bon qui passe son temps à donner. Les pauvres détestent qu'on leur fasse la charité. Et j'étais un pauvre dans mon genre. Tu aurais été aussi laid que moi, tu m'aurais foutu quelques peignées de temps en temps, tu n'aurais pas hésité à me faire une vacherie chaque fois que tu en avais l'occasion, je crois que tu aurais été un copain. Mais pas de la façon dont tu t'y es pris. *(Un temps, il demande.)* Tu te souviens de Lucette à Royan ?

JULIEN

Oui.

GEORGES

Mon Dieu ce qu'elle pouvait être bête cette fille. Je me suis toujours demandé pourquoi le bon Dieu s'amusait à faire des filles aussi jolies et aussi bêtes à la fois. Comme s'il craignait de faire quelque chose de trop parfait. Comme s'il n'avait pas eu le courage d'aller jusqu'au bout de son œuvre. Il est vrai que, pour un mois de vacances, cet « à-peu-près » était amplement suffisant. Elle te plaisait ?

JULIEN

Je ne sais pas.

GEORGES

Moi je sais que oui. Nous avons failli nous battre pour elle, mais nous ne nous sommes pas battus. Tu as préféré y renoncer. *(Il ajoute, dur.)* Ça non plus je ne te l'ai pas pardonné. Lucette n'existe plus pour nous, aujourd'hui, Céline l'a remplacée. Ce serait à mon tour d'avoir un geste élégant. Seulement il ne faut pas y compter mon petit Julien. Je n'ai pas ta grandeur d'âme, moi, et je ne te pardonne pas Lucette.

Entre Robert.

GEORGES

Tiens, ce cher Robert est déjà de retour. Bien reposé ?

ROBERT

J'ai renoncé. Avec le va-et-vient qu'il y a là-haut, pas moyen d'être tranquille deux minutes.

GEORGES

Ma chère maman vous cherchait.

ROBERT

Je sais, je l'ai vue. Elle est retournée au chevet de sa nièce qui, paraît-il, se porte comme un charme. Il fut un temps où les gens qui se suicidaient étaient un peu plus consciencieux.

JULIEN *bondit.*

Vous ne croyez pas que vous feriez mieux de vous taire ? Vous êtes donc tous plus abjects les uns que les autres ?

GEORGES

Mon pauvre Julien. Pourquoi veux-tu que ce cher Robert se taise ? Si tous les êtres abjects, comme tu dis, devaient se taire, la moitié de l'univers serait muette. Ce serait d'un sinistre ! N'est-ce pas Robert ? Nous autres, salauds, savons cela depuis longtemps.

ROBERT *sursaute.*

Qui vous permet ?

GEORGES

Allons, allons, ne faites pas semblant de vous vexer. Mieux vaut passer pour un salaud que pour un con.

ROBERT

Je vous avertis que je n'aime pas beaucoup qu'on me prenne pour un imbécile.

GEORGES

Mais tout le monde sait que vous n'en êtes guère. Seulement, il faut bien reconnaître que vous cachez admirablement votre jeu.

ROBERT

Je ne vous le fais pas dire. *(Puis, soupçonneux.)* Qu'est-ce que vous dites ?

GEORGES, *hypocrite.*

Rien. Voyez-vous, j'ai toujours plaisir à converser avec des gens de votre espèce, mon cher Robert. Avec eux, au moins, on ne se casse pas la tête à penser.

ROBERT, *bombant le torse.*

Je suis heureux de vous l'entendre dire.

GEORGES *lui demande soudain.*

Ça vous ennuie de ne pas entrer au conseil d'administration de la société ?

ROBERT

Oh ! Moi, vous savez, les affaires… Je n'ai pas fait trente ans de carrière militaire pour commencer à travailler à cinquante-deux ans. Ma candidature n'était jamais que pour faire plaisir à votre mère. Elle avait l'air de tenir, je ne sais pas trop pourquoi. Ah ! s'il y avait une guerre, je ne dis pas. Aller bouffer du Viet ou de l'Arabe comme dans le temps, là, d'accord. Malheureusement, avec tous ces politiciens qui ne pensent qu'à causer, je crois que maintenant c'est foutu. Dire qu'à quelques années près, je n'aurais peut-être jamais eu la Médaille militaire… ces gens-là sont vraiment des abrutis. *(Il rêve.)* Ah ! L'Indochine, c'était le bon temps. Quand on piquait un Viet et qu'on le passait à la question, là au moins, on rigolait. Surtout quand il ne savait rien parce qu'il ne risquait pas de parler avant qu'on ait fini. On le calait bien entre deux planches, et on sciait les planches. *(Il conclut, mélancolique.)* Maintenant, tout cela n'est plus que souvenirs. Les gens ne savent plus s'amuser. *(Il se laisse choir dans un fauteuil, désabusé.)*

JULIEN *a un frisson de dégoût.*

Je vais prendre des nouvelles Céline.

GEORGES

Embrasse-la pour moi.

Julien lui jette un regard méprisant et sort.

GEORGES

Pauvre Julien. Dire qu'on aurait pu s'entendre si bien tous les deux.

ROBERT

Je n'aime pas ce garçon. Il a l'air faux des gens honnêtes.

GEORGES, *se parlant à lui-même.*

C'est vrai. Il n'y a que les crapules qui ont le courage d'avoir des gueules impossibles. Et on les traite de lâches. Allez vous étonner ensuite que le monde soit si incohérent. *(Le téléphone sonne brusquement. Georges décroche.)* Allô ?... Bonsoir Maître... Qu'est-ce que vous dites?... Mais voyons c'est impossible... Et il n'y a pas moyen de... Vous êtes sûr?... Écoutez, faites ce que vous pourrez. De mon côté, je vais réfléchir... Je passerai vous voir demain matin… Surtout, tenez-moi au courant dès que vous avez du nouveau… Je compte sur vous… C'est cela. Merci de m'avoir appelé… Bonsoir, Maître. *(Il raccroche, tout pâle et murmure.)* Les salauds !

ROBERT, *qui s'est endormi, marmonne.*

Et si on le sciait les planches dans le sens de la longueur histoire de changer un peu ?

RIDEAU

QUATRIÈME ACTE

Même décor.
Céline, regard vague, est assise dans un fauteuil.
Entre Julien portant un plateau.

JULIEN

Tiens, bois cette tisane, ça te fera du bien.

CÉLINE

Merci, je n'y tiens pas.

JULIEN *remplit la tasse.*

Il le faut. Le médecin a bien insisté sur la nécessité de ne pas t'agiter. Ça t'aidera à dormir.

CÉLINE *avec un pauvre sourire.*

Merci. *(Elle boit un peu.)* Si tout le monde était comme toi, comme tout serait simple, comme la vie serait facile.

JULIEN

La vie n'est pas si moche, tu sais. Il y a des hauts et des bas, c'est tout.

CÉLINE

Où sont les autres ?

JULIEN

Ils tiennent leur conseil de guerre, je crois. Le notaire a reçu l'ordre du parquet de suspendre l'exécution testamentaire. Un administrateur judiciaire doit être nommé incessamment.

CÉLINE

Tu es content ?

JULIEN

Cela m'est égal. Je souhaite surtout que cette histoire se termine au plus vite pour ne plus en entendre parler.

CÉLINE

Pauvre Julien. *(Elle demande.)* Tu vas repartir en Angleterre ?

JULIEN

Dès que tu iras mieux.

CÉLINE

Je n'ai rien de grave, tu sais. Tu peux partir tranquille.

JULIEN

Il n'est pas question que je parte sans toi.

CÉLINE

Tu sais bien que c'est impossible.

JULIEN

Tu ne vas pas encore essayer de me faire croire que tu es amoureuse de Georges.

CÉLINE

C'est impossible malgré tout.

JULIEN *demande doucement.*

Tu m'aimes ?

CÉLINE

Bien sûr que je t'aime.

JULIEN

Alors pourquoi ?

CÉLINE

Tu ne peux pas comprendre.

JULIEN

Qu'est-ce que je ne peux pas comprendre ?

CÉLINE, *après une imperceptible hésitation.*

Je ne peux rien te dire.

JULIEN

Explique. J'ai besoin de savoir.

CÉLINE

Je ne peux pas.

JULIEN

Tu n'as pas confiance en moi ?

CÉLINE

Tu sais bien que si. Seulement il y a des choses impossible à dire. Ça te feraient trop mal.

JULIEN

Parle Céline. Je veux la vérité. *(Il demande.)* C'est à cause de cela que tu as tenté de te suicider ?

CÉLINE, *surprise.*

De me suicider ?

JULIEN

Inutile de nier, je sais tout. C'est moi qui t'ai découverte inanimée tout à l'heure dans ta chambre. Le tube de Xanax, sur la table de chevet, était vide. Je l'ai vu.

CÉLINE

Je te jure que je n'ai…

JULIEN *la coupe.*

Pourquoi nies-tu ? Je ne te reproche rien.

CÉLINE

Je t'assure, Julien…

JULIEN

Voyons, je n'ai pas rêvé.

GEORGES *surgit d'on ne sait où*
tel un diable d'une boîte.

C'est moi qui l'ai vidé. Dans la situation de tension que nous traversons, j'ai éprouvé le besoin de prendre un calmant. J'ai avalé un comprimé : c'était le dernier du tube. Tu vois que je n'avais aucune raison de m'inquiéter.

JULIEN

Mais alors ? Que t'est-il arrivé ?

CÉLINE

Je ne sais pas, un simple malaise sans doute.

GEORGES

Un de ces petits malaises dont les femmes sont quelquefois victimes. *(Un temps, il ajoute, cynique.)* Dommage, n'est-ce pas ?

JULIEN

Pourquoi dommage ?

GEORGES

C'eût été tellement touchant une tentative de suicide par amour. Mon pauvre Julien tu seras toujours un incorrigible rêveur.

CÉLINE

Laisse Julien tranquille.

GEORGES

Comme elle défend bien son petit amour. Car elle t'aime, tu sais. Elle t'aime plus que jamais. Elle t'aime comme on n'a jamais aimé. Mieux que Juliette aimait Roméo, mieux que Tristan aimait Yseult, mieux qu'Héloïse aimait Abélard – avant que le brave homme n'ait été mutilé, naturellement –. Un amour idyllique, un amour comme on n'en fait plus. Malheureusement, il y a l'amour et puis il y a la vie. C'est ce que tu n'as jamais compris mon pauvre Julien. Il est bien rare que l'un et l'autre s'harmonisent.

CÉLINE

Va-t'en. Laisse-nous.

GEORGES

Un peu d'intimité pour les amoureux. La solitude à deux : c'est beau. Mon pauvre Julien, dire que tu as cru à tout ça. Fallait-il que tu sois naïf. La vie ne t'a rien appris. Dieu sait pourtant qu'elle ne t'a pas ménagé les déconvenues, mais ça ne t'a pas empêché de garder une crédulité comme on n'en trouve même plus chez les enfants de chœur. Il faudra bien que tu réalises un jour que la vie n'est pas un conte de fées et que, comme pour la petite fille d'Andersen, quand l'allumette s'éteint, la nuit reprend sa place.

JULIEN

Va-t'en.

GEORGES

Tu n'auras même pas l'audace de me ficher dehors. D'ailleurs, tu es chez moi. C'est moi qui pourrais exiger que tu partes.

JULIEN *avance vers lui, menaçant.*

Sors.

GEORGES *raille.*

Oh ! Oh ! Le pacifiste se révolte. Comme il a l'air méchant ! Comme il me fait peur ! Au secours !

Julien va pour lui donner un coup de poing, mais Georges esquive et lui en retourne un, qui l'envoie promener au milieu de la pièce.

GEORGES

Excuse-moi mais je suis probablement plus habitué que toi à ce genre de sport.

CÉLINE

Fiche le camp.

GEORGES

Et bien, mon amour, est-ce ainsi que tu parles à ton futur mari ? Pourquoi veux-tu que je m'en aille ? Je suis très bien ici.

Il va s'asseoir dans un fauteuil.

L'AUTEUR *surgit brusquement et s'adresse à Georges.*

On vous demande au téléphone.

GEORGES, *surpris.*

Moi ?

L'AUTEUR

Oui, vous.

GEORGES

On n'a pas entendu sonner.

Il va décrocher l'appareil sur le bureau.

L'AUTEUR

Non, pas ici... dans votre chambre.

GEORGES

Il n'y a pas de téléphone dans ma chambre.

L'AUTEUR

Si, si, on vient de l'installer.

GEORGES

C'est ridicule, voyons.

L'AUTEUR, *péremptoire.*

C'est peut-être ridicule, mais c'est ainsi.

GEORGES

Et qui me demande ?

L'AUTEUR, *pris de court.*

Je ne sais pas… Le… le président de la République.

GEORGES, *surpris.*

Pardon ?

L'AUTEUR

Oui, enfin je veux dire le ministre de la Justice.

GEORGES

Le ministre de la Justice ?

L'AUTEUR *bafouille,*
ne sachant plus que dire.

Oui,… enfin… son secrétaire… le commissaire… l'inspecteur chargé de l'enquête… Allez répondre, vous verrez bien..

GEORGES

Pas très claire votre histoire.

L'AUTEUR *le pousse vers la sortie.*

Allez-y, comme ça vous saurez.

GEORGES *marmonne en sortant.*

Complètement cinglé le pauvre.

L'AUTEUR *bougonne.*

Il y a quand même des moments où il faut savoir se débarrasser des personnages qui se font trop encombrants. *(À Julien et Céline.)* Vous pouvez continuer, il ne vous dérangera plus.

Il disparaît lui aussi comme il était venu.

JULIEN

Il faut tout me dire Céline. Ne rien me cacher. Tant pis si j'ai un peu de peine. Tant pis si ça me fait un peu mal. J'ai besoin de savoir. Je veux la vérité. Pourquoi t'apprêtes-tu à épouser Georges ?

GEORGES *passe la tête par l'entrebâillement de la porte.*

Parce qu'elle m'aime, pardi !

L'AUTEUR *bondit.*

Oh ! Vous, foutez-nous la paix.

Georges disparaît aussitôt.

L'AUTEUR *grommelle.*

Cet esprit de mauvais boulevard finit par être lassant.

JULIEN

Pourquoi parles-tu de l'épouser ? Je veux savoir.

CÉLINE, *après un temps d'hésitation.*

Parce qu'il faudra bien donner un nom à l'enfant que je porte.

JULIEN

Qu'est-ce que tu dis ?

CÉLINE *baisse les yeux.*

Le soir d'une réception organisée par ton père, il m'a fait boire avec la complicité de ses copains. Je me suis bêtement laissée entraîner. Ils m'ont amenée ivre morte dans ma chambre. Et puis, tu devines ce qui s'est passé. Le lendemain, quand j'ai réalisé, j'ai voulu me tuer de dégoût. Seulement je n'en ai pas eu le courage. Ce n'est que bien plus tard que je me suis aperçu que j'étais enceinte. L'horreur de ce que j'avais subi m'a sans doute conduite à faire ce qu'on appelle un déni de grossesse. Il était trop tard. Alors il ne me reste plus qu'une solution : épouser Georges. *(Un temps, elle demande.)* Tu comprends Julien ?

JULIEN, *la voix nouée.*

Non.

CÉLINE

J'aurais tellement voulu t'éviter cette peine. J'aurais préféré que tu ne saches jamais, était-ce possible ?

JULIEN

Tu ne peux pas épouser Georges.

CÉLINE

Je n'ai pas le choix. J'aurais mieux fait de me tuer, mais j'ai manqué de courage.

JULIEN

Ne dis pas de bêtises.

CÉLINE

J'y pense souvent, tu sais. Toutes les nuits je fais des cauchemars. Je crois avoir vidé à peu près toutes les larmes de mon corps tellement j'ai pleuré. Aujourd'hui, mes yeux restent secs. Je suis devenue indifférente à tout.

JULIEN *la serre contre lui.*

Mon amour.

Il l'embrasse tendrement.

CÉLINE *demande comme une petite fille.*

Tu crois qu'on aurait pu être heureux tous les deux ? Qu'on aurait pu s'aimer toujours ? Tu te souviens, autrefois, quand nous nous promenions sur la grève à Royan ?

JULIEN

Crois-tu que j'ai pu oublier ?

CÉLINE

Tu passais ton bras autour de mon cou et nous marchions des heures ainsi, sans rien dire. C'était bon ce silence avec seulement le bruit des vagues. Tu n'osais pas m'embrasser et je te sentais tout tremblant de me tenir contre toi.

JULIEN

Tu m'aimes ?

CÉLINE

Je n'aime que toi, tu le sais bien. Je n'aimerai jamais plus personne comme toi. Cela je peux l'affirmer.

JULIEN

Alors nous partirons tous les deux. Nous irons vivre en Angleterre dans un petit coin bien tranquille, loin d'eux. Nous les oublierons tous. Ils sont trop laids.

CÉLINE

Tu sais bien que c'est impossible.

JULIEN

Rien n'est impossible puisque nous nous aimons.

CÉLINE

Mais cet enfant que j'attends, il faudra bien qu'il existe. Il a beau être de Georges, il est aussi de moi. Et moi, il faudra que je l'aime. Mais toi, tu ne pourras pas.

JULIEN

Je l'aimerai, je te jure. Je l'aimerai parce qu'il sera un peu toi. J'oublierai le reste.

CÉLINE

Non Julien. Tu ne pourras jamais oublier. Ces choses-là sont de celles dont on se souvient toujours, quoi qu'on dise et quoi qu'on veuille.

JULIEN

Je te jure que je ferais tout mon possible.

CÉLINE

Je ne doute pas de ta bonne volonté, seulement la bonne volonté, ce n'est pas toujours suffisant.

JULIEN

Il faut que nous partions tous les deux, et vite.

Ils s'embrassent.

L'AUTEUR, *qui observait la scène de son coin, dit d'une voix un peu étrange.*

Pauvres petits. Comme ils ont l'air heureux et

malheureux à la fois. C'est curieux ce sentiment de mélancolie qu'on éprouve chaque fois qu'on rencontre l'amour, le vrai. On se sent mal dans sa peau. On ne sait pas très bien si l'on a envie de rire ou pleurer. On éprouve seulement une sensation étrange. Une sensation comme rien d'autre ne vous procure. On n'est même pas sûr que ce soit agréable, mais on a quand même envie que cela dure. *(Il conclut, un peu triste.)* Malheureusement, il est bien rare que ça dure.

Surgissent Clara et Robert.

CLARA

Les tourtereaux s'embrassent. C'est la grande scène d'émotion. Celle où personne n'a envie de rire et pourtant, c'est la plus drôle. Tout cela est d'un grotesque !

L'AUTEUR

Je vous en prie. L'amour est une chose si rare qu'elle mérite d'être respectée.

CLARA

Mon pauvre ami. Tu ne seras jamais qu'un indécrottable rêveur. Croire encore à ces niaiseries à ton âge. C'est infantile !

L'AUTEUR

Et pourquoi l'amour n'existerait-il pas ? *(Il ajoute, faussement ironique.)* Demande à Robert ce qu'il en pense. Je suis sûr qu'il ne me démentira pas. N'est-ce pas Robert ?

ROBERT, *raide.*

S'il s'agit encore d'une provocation, je vous serais reconnaissant d'être clair.

L'AUTEUR

Quelle provocation ? Vous prenez toujours tout pour une vacherie.

ROBERT, *sombre.*

C'est qu'avec vous, je me méfie.

L'AUTEUR

Vous avez tort. Un ami de ma femme est forcément mon ami.

ROBERT

Et là, il n'y a pas d'allusion ?

L'AUTEUR, *hypocrite.*

Aucune. Les mots de la langue française sont suffisamment nombreux pour qu'on n'y ajoute pas de sous-entendus.

CLARA

Tu as toujours autant d'esprit. En tout cas, pour ce que tu en as fait de l'amour... Ce n'est pas avec moi que tu en as abusé.

L'AUTEUR

Je t'ai fait trois enfants, ce n'est déjà pas si mal. *(À Robert.)* Excusez-moi mon vieux, vous n'étiez pas encore mon meilleur ami.

CLARA

Tes plaisanteries deviennent fatigantes. Tu ferais bien de changer un peu de genre.

L'AUTEUR

Du moment qu'elles m'amusent un peu. *(Un temps.)* Vois-tu, entre nous, ça n'aura peut-être pas été le grand amour – ne me remerciez pas Robert –, mais je crois qu'il y aura quand même eu de bons moments. Au fond, c'était peut-être ça la vie : ce désordre merveilleusement organisé, ces instants de tendresse alternés avec les disputes, ces petites joies toutes précaires qui précèdent les moments d'abattement, les enfants qu'on a envie de faire sauter sur ses genoux et qui après un temps vous agacent et auxquels on colle une fessée. La vie est pleine de contradictions.

CLARA, *aigre.*

Pour ce que tu t'en occupes des enfants !

L'AUTEUR

N'exagérons rien, je ne peux quand même pas tout faire.

CLARA

Dédé a encore été renvoyé de l'école pour trois jours et tu ne lui as même rien dit.

L'AUTEUR

Que pouvais-je lui dire ? Il a retrouvé la semaine dernière un de mes vieux livrets de notes sur lequel était consigné que j'avais été exclu huit jours pour indiscipline. Je risquais de manquer d'arguments : il a été plus modeste.

CLARA

Il ne tardera pas à être exclu définitivement.

L'AUTEUR

Nous lui chercherons une autre école. C'est bien d'en essayer plusieurs. Il fait son expérience.

CLARA

Tu es de plus en plus stupide. *(Elle soupire.)* Je me demande vraiment ce qui m'a pris de t'épouser.

L'AUTEUR

Ce doit être de la transmission de pensée, figure-toi qu'il m'arrive de me poser la même question.

CLARA, *furieuse.*

J'aime mieux ne pas discuter.

Elle hausse les épaules et sort.

L'AUTEUR, *à Robert.*

Vous ne la suivez pas ?

ROBERT

Pourquoi cette question ?

L'AUTEUR

Pour rien, si ce n'est que votre rôle qui s'apparente à celui de chien luxe…

ROBERT

Monsieur, je ne tolérerai pas.

L'AUTEUR

Et c'est reparti. Ce qu'il y a de bien avec vous, Robert, c'est qu'on est jamais déçu. C'est de la bonne mécanique bien réglée. Ça part au quart de tour. Voyez-vous, Robert, en dépit des apparences, nous avons énormément de points communs. C'est même incroyable ce que nous nous ressemblons. D'abord, nous sommes deux vieux cocus.

ROBERT *sursaute.*

Monsieur.

L'AUTEUR

Cessez de m'appeler Monsieur, ça devient agaçant. De vieux camarades aussi solidaires que nous ont droit à plus d'intimité. Et puis quoi, ce n'est pas une calamité d'être cocu ? Quand une femme vous trompe, c'est pour elle une façon de vous témoigner de l'intérêt. Ça démontre que vous ne lui êtes pas indifférent.

ROBERT

Monsieur, si vous n'avez pas su sauvegarder votre honneur, ayez au moins la délicatesse de ne pas bafouer celui de votre femme.

L'AUTEUR

Je n'aurais jamais pensé que ça puisse être ça l'honneur. Mon pauvre Robert…

ROBERT

Je ne suis pas votre pauvre Robert.

L'AUTEUR

Vous n'allez tout de même pas me faire croire que c'est votre retraite de sous-officier qui assure votre subsistance. Enfin, la question n'est pas là. Mon cher Robert, il faut vous faire une raison, vous êtes cocu : ma femme vous trompe.

ROBERT

Monsieur, je vous ai déjà proposé de vous battre, vous avez refusé, si vous vous dérobez encore je vous ferai carencer.

L'AUTEUR

Rassurez-vous, ce n'est pas avec moi qu'elle vous

trompe. Clara, dans une certaine mesure, a toujours été fidèle. Fidèle à qui ? C'est tout le problème. À elle-même mon cher. Passé le premier enthousiasme de notre idylle – qui donne toujours une impression assez fausse comme tout ce qui est nouveau – je me suis très vite aperçu qu'elle me trompait. Pas avec un autre homme : ç'aurait été trop simple. J'étais à l'âge où l'on s'imagine qu'avec ses poings on peut régler les problèmes. Je serais immédiatement allé casser la figure à ce rival. Mais celui-là était impossible à appréhender. C'est avec elle-même qu'elle me trompait. Avec ce petit intrigant qu'on retrouve partout, qu'on ne parvient jamais à éliminer et qui s'appelle l'égoïsme. C'est ce qui m'a permis de réaliser ce que le terme de rapports physiques à d'absurde. Je lui ai fait trois enfants sans que nous n'ayons jamais eu aucun rapport. Je n'irai pas jusqu'à prétendre qu'il s'agit là d'un coup du Saint-Esprit, mais ce doit être quelque chose du genre. Clara, lorsque je la tenais dans mes bras, n'a jamais été avec moi. Je la sentais ailleurs. Un peu comme, lorsque dans un rêve, vous voyez un objet à portée de votre main. Vous voulez le saisir, mais il vous échappe. Tout simplement parce que cet objet n'existe pas. L'amour est une de ces chimères qu'on poursuit avec beaucoup d'assiduité, mais qui vous échappe toujours. À vrai dire, cela n'a pas tellement d'importance. L'important, quand on rêve, est de ne pas se réveiller. Au fond, tout cela est très simple.

ROBERT, *sur la défensive.*

Je ne vois pas très bien ce que vous voulez dire, vous noyez toujours tout avec des mots, mais je vous assure, Monsieur, que si vous attentez à l'honneur de votre femme, c'est à moi que vous rendrez compte.

L'AUTEUR

Jaloux ! Jaloux et cocu ! Vous êtes un personnage merveilleux Robert. Un de ces personnages de comédie qui n'ont rien de profond, mais qui, pour être bouffon, sont tellement vrais et ont ma préférence.

ROBERT

Cette fois c'en est trop !

L'AUTEUR

Ne vous vexez pas toujours bon sang ! D'ailleurs, je ne le suis pas moins que vous, bien au contraire. Il m'arrive même de me prendre au sérieux, c'est vous dire. Vous n'êtes pas seulement mon ami, Robert, vous êtes mon frère. Nous sommes les deux cocus de la terre les plus solidaires. *(Il désigne Julien et Céline.)* Regardez-les nos deux tourtereaux. Il ne viendrait à l'idée de personne de penser qu'un jour ils pourront se trahir et pourtant… Ils sont en train de se jurer fidélité pour toujours et ils sont de bonne foi. Seulement, ce qu'ils ne savent pas, c'est combien l'éternité amoureuse est éphémère.

ROBERT

Votre cynisme dépasse les bornes.

L'AUTEUR

Quelles bornes ? Vous êtes décidément extraordinaire. Et les petites Vietnamiennes quand vous étiez en Indochine, vous les avez déjà oubliées ? Ça devait pourtant être quelquefois moins d'un jour. Peut-être une heure, deux tout au plus. Et pourtant, cet instant si court d'un bonheur tout précaire, c'était aussi toujours.

Un silence.

JULIEN, *à Céline.*

Blackpower, un de mes amis, m'a proposé une place dans l'usine de son père à Leicester. Je pourrai ainsi terminer ma dernière année d'études tout en exerçant des fonctions d'interprète. Nous prendrons l'avion mercredi pour Londres. Dans un premier temps nous logerons à l'hôtel en attendant de trouver un appartement.

CÉLINE

Je ne viendrai pas Julien, tu le sais bien.

JULIEN

Si, tu viendras. Plus vite nous partirons, mieux ce sera.

CÉLINE, *lasse.*

N'y pense plus, Julien. Je t'aime, je te le jure et je t'aimerais toujours, mais il est trop tard.

JULIEN *la serre contre lui.*

Non, il n'est pas trop tard, mais il faut se dépêcher. Demain nous serons vieux et nous n'aurons plus que nos regrets. Il faut que tu viennes, il faut que tu comprennes. J'ai besoin de toi Céline. Si tu m'abandonnes, je pourrai plus vivre, je ne serai plus rien, plus qu'une loque. Tu viendras Céline.

CÉLINE

C'est impossible, alors n'en parlons plus. J'ai trop mal. Je ne veux plus y penser. Laisse-moi, maintenant. Je suis lasse. J'ai envie de dormir. Je vais monter me reposer.

Elle s'est levée et se dirige vers la porte.

JULIEN *pousse un cri de désespoir.*

Céline !

CÉLINE

Il n'y a plus de Céline. Je ne suis plus rien. Bonsoir Julien.

Elle sort comme un automate.

JULIEN, *dépité.*

Céline ! Non, ne pars pas.

Il court derrière elle.

CLARA *entre furieuse, suivie de Georges.*

Cette fois tu as gagné. C'est la catastrophe !

GEORGES

Est-ce que je pouvais prévoir ?

CLARA

Tu aurais dû prévoir. En tant que président-directeur général…

GEORGES, *vexé.*

D'abord, à l'époque, je n'étais pas encore président-directeur général. Et puis, nom d'un chien, Troubignol était un ami, je le connaissais depuis longtemps. Il a fait deux ans de prison, cinq ans d'interdiction de séjour, je pensais pouvoir lui faire confiance. Si j'avais su, je ne l'aurais certainement pas engagé.

ROBERT, *vautré sur le canapé, demande.*

Que se passe-t-il ?

CLARA

Troubignol, le veilleur de nuit, a été interrogé par la police. Il dit avoir vu de la lumière dans le garage de l'usine la veille de l'accident de Claude.

ROBERT

Ah ? *(Il suggère.)* Le contremaître avait peut-être oublié d'éteindre en partant.

CLARA

Vous savez bien que non. D'ailleurs cet imbécile a trouvé le moyen de préciser que, lors de sa ronde de vingt-deux heures, tout était éteint.

GEORGES

Décidément, on ne peut plus se fier à personne. Si même les crapules se mettent à dire la vérité, où allons-nous ? En tout cas, en ce qui le concerne, son compte est bon. Lundi je lui donne son congé.

CLARA

Ça t'avancera bien. Lundi il sera trop tard. La police aura sans doute pas mal avancé dans son enquête et un administrateur judiciaire aura été nommé. *(À l'auteur.)* Ah ! Vous aviez bien besoin de mêler la police à cette histoire.

L'AUTEUR

Encore une fois, je mène ma pièce comme je l'entends.

CLARA *crie.*

Zéro votre pièce, zéro. Je vous prédis un four.

ROBERT

Notez que de temps en temps, un petit four ce n'est pas désagréable. *(Il rit bêtement).*

L'AUTEUR

Oh ! Vous, ça suffit..

GEORGES

Je vais essayer de joindre Grapin, le préfet. Il y a peut-être encore un moyen d'étouffer l'affaire.

CLARA *s'assoit sur le canapé.*

Tu penses que Grapin ne va pas se mouiller. Il postule pour la Légion d'honneur.

GEORGES

Grapin ne pourra pas me refuser ce service. Il ne peut tout de même pas oublier que c'est grâce à Claude qu'il n'a pas été fusillé à la libération.

CLARA

Tu penses comme ces gens-là ont des scrupules. Il est fichu de dire que s'il recherche la vérité, c'est justement par fidélité à Claude. Ce genre de type trouve toujours un arrangement avec sa conscience pour justifier ses lâchetés. Quand les fripouilles se mettent a être honnêtes, c'est toujours pour faire une saloperie.

GEORGES

Je ne risque rien d'essayer.

Il sort.

ROBERT, *tripotant le genou de Clara.*

Ma chère amie, vous êtes trop nerveuse.

CLARA *écartant sa main.*

Je vous en prie Robert, ce n'est pas le moment.

ROBERT

Pourquoi pas le moment ? Enfin, c'est curieux, depuis la mort de Claude, nous n'avons pas trouvé une seule minute à nous. Il est devenu encore plus gênant maintenant qu'il est mort que lorsqu'il était vivant. Vous allez finir par me faire croire que votre mari manquait totalement de délicatesse.

CLARA

Il n'est pas question de Claude, vous le savez bien.

ROBERT

De qui alors ? *(S'est rapproché d'elle.)* Ma chère amie. J'aimerais tant pouvoir vous aider.

CLARA *se dégage.*

Je vous en prie. Cette scène est ridicule. Surtout dans la situation où nous sommes.

ROBERT

Pourquoi ridicule ?

CLARA

Nous n'avons ni l'emploi ni l'âge pour une scène d'amour.

ROBERT

C'est là une conception des choses qui me paraît totalement dénuée de bon sens. Vous avouerez qu'il est idiot de croire qu'au-delà d'un certain âge, le désir perd ses droits. Il me semble, au contraire, que l'expérience, en ce domaine, joue un rôle important. Vous n'allez pas me dire que ces petits jeunes qui passent leur temps à se conter fleurette savent ce que c'est que l'amour. Ils en parlent avant de l'avoir fait. Il fut un temps où les jeunes étaient moins prétentieux. Ce sont les romanciers et les auteurs dramatiques qui ont tout déformé. Ces gens-là, pour avoir du succès, écrivent n'importent quoi. Des gosses qui ont à peine plus de quinze ans et qui s'aiment. C'est d'un ridicule. *(Il se rapproche encore.)* Tandis que nous…

CLARA *lui tape sur la main.*

Cesser de me tripoter, bon sang. Entre vous et le masseur, pas étonnant que je sois pleine de bleus. *(Elle se lève.)* Je vais voir si Georges a réussi à joindre Grapin. Je ne me fais pas d'illusions, mais de toute façon c'est notre dernière chance.

Elle sort.

ROBERT

Les femmes me surprendront toujours. Surtout les Européennes. Et on appelle ça la civilisation. *(Il rêve.)* Ah ! Parlez-moi des Vietnamiennes. C'était autre chose. Elles étaient tout de même moins compliquées. Avec elle, pas besoin de chercher midi à quatorze heures. Il est vrai que nous étions l'occupant, ce qui procure quelque avantage. Les jeunes manifestent contre la guerre, ils ne savent pas ce qu'ils perdent. Et puis elles étaient chaudes, elles étaient tendres. À quatorze ans, elles étaient déjà un fruit mûr que nous n'avions qu'à cueillir. Gros avantage, en outre, nous ne parlions pas la même langue. On pouvait leur dire des bêtises, n'importe quoi, les traiter de salopes ou de putains, elle vous répondait toujours par un grand sourire avec l'air d'en redemander. Ah ! C'était le bon temps. On savait vivre à cette époque-là. Ça entre deux expéditions punitives, on n'avait pas le temps de s'ennuyer.

Sa voix est devenue pâteuse puis s'est éteinte progressivement. Il s'est endormi et commence à ronfler.

L'AUTEUR *vient le secouer.*

Eh là ! Réveillez-vous mon vieux. Ce n'est pas le moment de s'endormir.

ROBERT *sursaute.*

Que se passe-t-il ? La guerre est déclarée ? *(Il s'est*

dressé d'un bond et lance, dans un garde-à-vous impeccable.) Adjudant la Roussette, trente ans de service dont vingt-cinq de campagnes. À vos ordres mon général.

RIDEAU

CINQUIÈME ACTE

Même disposition du décor qu'au début de la pièce.
Le notaire est à son bureau. Julien, assis dans un fauteuil, l'écoute indifférent.

LE NOTAIRE

Sachez, Monsieur Julien, que je regrette profondément la tournure prise par les événements. J'ai espéré, jusqu'au dernier moment, un dénouement qui m'aurait semblé plus conforme à l'équité. Hélas… ! La justice humaine est décidément bien décevante.

JULIEN

Que voulez-vous dire ?

LE NOTAIRE, *embarrassé.*

J'ai la conviction que vous avez été frustré d'un héritage qui aurait dû vous revenir de plein droit.

JULIEN, *fataliste.*

C'était la volonté de mon père.

LE NOTAIRE

Peut-être. Bien que je n'en sois pas tout à fait convaincu. *(Il soupire.)* La vie à de ces caprices.

JULIEN

Qu'est-ce qui vous fait dire cela ?

LE NOTAIRE

La conviction que votre père a commis une erreur en rédigeant son testament. J'ai de bonnes raisons de penser qu'il en avait pris conscience et avait l'intention de revenir sur ses dispositions. Sa mort a prématurément mis un point final à cela.

JULIEN

Vous le croyez vraiment ?

LE NOTAIRE, *prudent.*

Je n'ai pas de certitude absolue. Je peux me tromper, bien sûr, mais je crains aussi que cette enquête sur sa mort ait été menée un peu vite.

JULIEN

Comment cela ?

LE NOTAIRE

La version officiellement adoptée par la police me paraît assez peu convaincante. Ce mécanicien, que votre père avait mis à la porte deux mois auparavant, n'a vraiment pas l'étoffe d'un assassin.

JULIEN

Il avait proféré des menaces.

LE NOTAIRE

Sur le coup de la colère. Il n'était pas le premier. De là à passer à l'acte… Non, j'ai du mal à le croire.

JULIEN

Il a fait des aveux complets.

LE NOTAIRE

Après vingt heures d'interrogatoire quasiment ininterrompues. Qui, dans de telles conditions n'aurait pas fini par craquer ? Non, je le tiens plus volontiers pour un pauvre type que pour un criminel.

JULIEN

Vous pensez que ce n'est pas lui qui a saboté la voiture ?

LE NOTAIRE

Je n'ai pas dit cela. À vrai dire, je n'en sais rien. Disons que je me le demande. Après tout, je me fais peut-être des idées. J'aurais tellement souhaité qu'il en fut autrement. Enfin, mieux vaut ne plus y penser. *(Il demande.)* Vous allez retourner en Angleterre ?

JULIEN

Je prends l'avion en fin d'après-midi.

LE NOTAIRE *se lève.*

Je vous souhaite de réussir là-bas comme vous le méritez.

JULIEN *se lève à son tour.*

Je vous remercie.

LE NOTAIRE, *l'invitant à passer devant lui.*

Croyez, Monsieur Julien, que j'ai fait tout ce que j'ai pu.

JULIEN

Je n'en doute pas, Maître, et je vous en remercie.

LE NOTAIRE *lui tend la main.*

Permettez-moi de vous souhaiter bonne chance.

Ils sortent.

L'AUTEUR *paraît.*

Voilà une histoire qui finit bien mal. *(Il soupire.)* Décidément, je crois que j'aurais mieux fait de ne pas l'écrire cette pièce. Tout cela est trop laid, trop ignoble. Ah ! Bon Dieu, si j'avais su, j'aurais fait des textes pour les bandes dessinées, des trucs pour les gosses, n'importe quoi, mais pas ça. Au fond, on ne devrait jamais sortir de l'enfance. Il n'y a que là que les choses sont encore à peu près racontables. Dès qu'on vieillit un peu, tout devient infâme. Et on imagine que c'est ça la maturité. En réalité, on n'est jamais mûr. On est vert, ou on est pourri, mais on n'est jamais à point. Ou alors, ça dure si peu. *(Un temps, il rêve.)* Dire que ça aurait pu faire une si jolie pièce.

LE NOTAIRE *revient, furieux.*

Je vous retiens, vous.

L'AUTEUR

Pardon ?

LE NOTAIRE

Vous m'aviez promis un rôle écrasant. À vous croire, je devais être une des chevilles de la pièce, un personnage omniprésent. Résultat : deux scènes d'une platitude et d'une médiocrité…

L'AUTEUR

Que voulez-vous que j'y fasse ?

LE NOTAIRE

Vous êtes l'auteur, non ?

L'AUTEUR

Malheureusement, je ne suis que ça. Si vous croyez que je fais ce que je veux. Au théâtre, mon bon ami, on ne le fait jamais ce qu'on veut. Bonne ou mauvaise, une pièce n'est jamais celle qu'on voulait écrire. On se laisse embarquer par ses personnages et à Dieu vat. Ne croyez pas qu'on ait la maîtrise de sa plume. Nous ne sommes que des scribouillards. *(Il ajoute, haussant le ton.)* Il faudra tout de même que les critiques comprennent ça un jour. Surtout quand c'est un four.

LE NOTAIRE

Mais bon sang, si vous ne vous obstiniez pas à peindre toujours des personnages horribles.

L'AUTEUR

Vous croyez que je les choisis ? Vous imaginez peut-être que ça m'amuse. Figurez-vous que j'aimerais bien n'avoir que des personnages sublimes, tout propres, tout pleins de bons sentiments. Malheureusement, ce sont toujours les crapules qui s'imposent, surgissant à chaque instant. - La plupart du temps sans raison d'ailleurs -. Seulement ils sont tellement cabots qu'ils sont prêts à n'importe quelle saloperie pour se mettre en valeur.

LE NOTAIRE

À vous de les empêcher. C'est votre métier après tout.

L'AUTEUR *a un sourire amer.*

Vous en parlez à votre aise. Avez-vous jamais réussi à les faire taire ces importuns qui nous empoisonnent l'existence ? Dieu sait pourtant que ce n'est pas l'envie qui nous manque, et que nous ne sommes pas particulièrement portés à l'indulgence, tous, irréprochables que nous sommes. Le monde est peuplé de gens admirables qui souffrent de ce que le reste de l'humanité n'est composé que de scélérats. Voyez-vous, j'étais sincère en voulant faire de vous un personnage important. Vous deviez être, dans mon esprit, le seul type vraiment humain de la pièce. Ni trop beau ni trop laid, ni trop sublime ni trop ignoble, ni trop fort ni trop faible, en un mot, un personnage vrai. Tout cela montre la vanité il y a à vouloir saisir la réalité. On rêve, on brode, à la recherche d'une vérité sans même savoir s'il elle existe. Et quand on se rend compte de l'inutilité de tout cela, on est vieux. On s'aperçoit qu'on a perdu son temps et qu'on a oublié de vivre. *(Il soupire.)* Dire que la vie pourrait être bien plus simple si on se posait moins de questions.

LE NOTAIRE

En tout cas, pour ce qui est de la chute de votre pièce, c'est très mauvais.

L'AUTEUR

Pourquoi ?

LE NOTAIRE

Ce type qu'on ne connaît même pas et dont on apprend finalement qu'il est l'assassin de son ancien patron, pour des raisons assez douteuses d'ailleurs, ça ne tient pas debout.

L'AUTEUR

Mettons qu'il était un peu dingue.

LE NOTAIRE

Trop facile ! Et puis si c'était pour en arriver là, ça ne valait pas la peine d'en faire tout un plat. Non le public n'acceptera jamais. Ça va faire un bide.

L'AUTEUR, *découragé.*

Que voulez-vous que j'y fasse ?

LE NOTAIRE

Je ne sais pas moi, trouvez autre chose. Enfin, elle n'était pas mal partie cette pièce. Vous aviez une situation, des caractères, vous pouviez en tirer quelque chose avec un petit effort.

L'AUTEUR

Vous croyez ?

LE NOTAIRE

Mais bien sûr.

L'AUTEUR

Je n'en suis pas tellement persuadé. *(Un temps.)* À vrai dire, j'avais bien une autre idée pour la fin, seulement il était un peu trop évident qu'elle n'était pas de moi.

LE NOTAIRE

Dites toujours.

L'AUTEUR

Non, ça ne servirait à rien.

LE NOTAIRE

Au point où vous en êtes.

L'AUTEUR *le regarde de travers
puis fini par concéder.*

Après tout, vous avez peut-être raison. *(Un temps.)* Eh bien voilà.

*L'éclairage change.
Entrent Agrippine et Pallas –joués par Clara et Robert –. L'auteur et le notaire s'effacent discrètement.*

PALLAS

Ce jeune homme joue remarquablement la comédie ou alors il est particulièrement imbécile.

AGRIPPINE

La douleur de la perte de son père justifie son aveuglement. C'est heureux pour nous. Cela nous évitera bien des complications.

PALLAS, *inquiet.*

Vous craignez que…

AGRIPPINE

La mort subite de Claude est quelque peu suspecte. Nul ne doute qu'il a été empoisonné.

PALLAS

Mais alors ?

AGRIPPINE, *le plus naturellement du monde.*

Il convient de rechercher les assassins afin qu'ils soient châtiés comme ils le méritent.

PALLAS, *de plus en plus inquiet.*

Que voulez-vous dire ?

AGRIPPINE

Ce que je dis. Je sais quelque cuisinier en ce palais qui pourrait bien s'être chargé de l'affaire.

PALLAS, *feignant la surprise
tout en se révélant soulagé.*

Vous croyez ?

AGRIPPINE

Ne vous faites pas plus stupide que vous n'êtes, Pallas. La paix de l'empire est à ce prix. Nous saurons la sauvegarder.

PALLAS, *encore peu rassuré.*

Et s'il advenait, par mégarde, qu'on apprenne la vérité ?

AGRIPPINE

Quelle vérité ? Pour nous autres souverains, il n'est qu'une vérité : celle qui se fait rassurante tout en sauvegardant les apparences.

PALLAS

Curieux principes.

AGRIPPINE

Pas de mauvais esprit s'il vous plaît. Vous savez très bien que la mort de Claude était devenue une nécessité. Il s'agissait de sauver Rome. Ses errements de ces derniers jours pouvaient faire redouter le pire.

PALLAS

Est-on bien sûr qu'il était dans les dispositions qu'on dit ?

AGRIPPINE

Nul n'en peut douter. Le rapprochement qu'il avait entrepris avec Britannicus ainsi que sa décision de lui faire revêtir prochainement la robe virile trahissaient clairement ses intentions. Claude projetait de présenter le jeune prince au peuple comme le futur César.

PALLAS

C'était son fils.

AGRIPPINE

Vous déraisonnez. Imaginez-vous ce doux garçon rêveur gouvernant l'empire ? C'eut été mener Rome à sa perte. Et puis d'abord, il est beaucoup trop jeune.

PALLAS

Néron n'est guère plus âgé que lui.

AGRIPPINE

Ça n'a aucun rapport. Il est d'un tempérament tout à fait différent. Et puis il est mon fils. Il est assez docile et bien trop craintif pour tenter de se soustraire à mon autorité.

PALLAS

Voulez-vous insinuer… ?

AGRIPPINE

Que j'entends bien gouverner en son nom. Rome a besoin d'une main ferme pour la guider. Je serai celle-là.

NÉRON *paraît.*

Voilà qui est fort instructif ma mère.

AGRIPPINE

Qu'est-ce à dire ? Vous écoutiez aux portes ?

NÉRON

Un hasard. Mais le hasard fait parfois bien les choses. Vos paroles sont pleines d'enseignement.

AGRIPPINE

Rentrez cet air hautain qui ne m'impressionne guère.

NÉRON

Madame, vous parlez à l'empereur.

AGRIPPINE

Comment ? Non, mais dis donc espèce de petit morveux.

L'AUTEUR

Je vous en prie, pas de vulgarité.

AGRIPPINE

Vous l'avez entendu ? Pour qui se prend-il ce petit prétentieux ? *(Elle enchaîne.)* Oubliez-vous, Néron, que je suis votre mère ?

NÉRON

Vous êtes ma mère Madame et je suis votre empereur. Mais laissons, s'il vous plaît, ces piètres arguments. L'aveu que je viens d'entendre justifierait mieux votre silence.

AGRIPPINE, *superbe.*

J'ignore de quel crime on a pu me noircir ;
De tous ceux que j'ai faits je vais vous éclaircir.

L'AUTEUR

Mais non, mais non. Ça c'est de Racine.

AGRIPPINE

Avec votre manie de tout mélanger, vous croyez que c'est facile de s'y retrouver ? *(À Néron.)* À quoi bon, d'ailleurs, tenter de dissimuler ? Claude n'est pas mort de mort naturelle. Vous n'ignorez pas, je pense, que vous n'aviez aucun droit à lui succéder. Claude avait un fils qui, seul pouvait prétendre recueillir l'empire. Ce n'est que sur mes instances qu'il vous désigna. Ce trône, qui est aujourd'hui le vôtre, c'est à moi que vous le devez.

NÉRON

Je suppose vous devoir aussi des remerciements.

AGRIPPINE *s'exclame.*

Ah ! Que d'ingratitude, d'amertume et de haine,
Est-ce cela le salaire que méritait ma peine ?
Serais-je honnie du ciel et n'aurais-je vécu
Que pour subir la loi d'un petit trou du…

L'AUTEUR *lui crie.*

Mais non, pas en vers bon sang.

AGRIPPINE

Oh ! Vous, il faudrait savoir ce que vous voulez.

NÉRON

Il suffit, madame. Je n'ai que faire de vos reproches. J'entends gouverner Rome en propre et y faire œuvre de justice. Les assassins de Claude seront châtiés comme il se doit.

AGRIPPINE *raille.*

Et comment vous y prendrez-vous ? La révélation de la vérité jetterait sur vous le discrédit. Elle ferait de vous un usurpateur et vous condamnerait. Nous sommes, à présent, solidaires et contre cela vous ne pouvez rien.

NÉRON

Ne triomphez pas trop vite, Madame. Je saurai vous ôter vos sarcasmes. Interdiction vous est faite dorénavant de quitter ce palais sans autorisation expresse émanant de moi seul.

AGRIPPINE

Qu'est-ce à dire ?

NÉRON

Il suffit. *(A Pallas.)* Quant à vous Pallas, vous quitterez Rome ce jour pour n'y plus reparaître.

PALLAS *supplie.*

Ah ! Seigneur.

NÉRON, *péremptoire.*

Qu'on se retire. *(Il appelle.)* Gardes. Qu'on les emmène.

Instant de stupeur. Personne ne bouge.

NÉRON, *à l'auteur.*

Évidemment, il n'y a pas de gardes. C'est vraiment la chienlit.

Le notaire prend l'initiative. Il s'avance et emmène Agrippine et Pallas.

NÉRON *a un sourire narquois.*

N'importe quoi. Et ça s'imagine avoir du talent.

L'AUTEUR

Oui… oh ! Vous… vous feriez bien de vous faire oublier.

NÉRON, *insolent.*

C'est à quel sujet ?

L'AUTEUR

Profiter d'un crime pour s'adjuger la maîtrise de l'empire il n'y a vraiment pas de quoi pavoiser.

NÉRON

Pauvre vieux ! Vous ne comprendrez jamais rien à la vie.

Il sort.

L'AUTEUR *murmure abattu.*

Lamentable ! C'est encore plus lamentable.

LE NOTAIRE *revenant.*

Mais non, c'est ça. Vous êtes sur la bonne voie.

L'AUTEUR

Vous trouvez ?

LE NOTAIRE

Parfaitement. Laissez-moi faire. *(Il appelle en direction de la porte qu'il avait laissée entrouverte.)* Entrez, Monsieur Julien. *(Julien paraît.)* Prenez place, je vous prie. Je vous attendais. *(Lui-même va s'installer au bureau. Il a désormais pris la situation en main.)* Le juge d'instruction m'a téléphoné ce matin pour m'informer qu'il s'est saisi du dossier. Vous pouvez dire que vous l'avez échappé belle. Après les aveux de cet imbécile de mécanicien, j'ai bien cru que la police allait classer l'affaire. Surtout qu'elle avait reçu des recommandations de la préfecture. Heureusement le petit inspecteur ne s'en est pas laissé compter. Il a tout de suite flairé quelque chose de louche. Il a repris l'enquête à son point de départ et l'a menée à bien. Je pense que vous êtes satisfait à présent.

JULIEN, *mélancolique.*

Je suis surtout content que tout cela soit terminé.

LE NOTAIRE, *toujours très enthousiaste.*

Et bien terminé. Car maintenant, il ne fait aucun doute que le testament de votre père sera révisé. Il sera d'ailleurs plus conforme à ses volontés, car, je peux vous le révéler à présent, votre père avait bien l'intention de le modifier et cette fois à votre profit. Le secret professionnel m'avait obligé à garder le silence et je suis heureux que le juge d'instruction m'en ait enfin délié.

JULIEN

Mon père vous avait fait part de ses intentions ?

LE NOTAIRE

À plusieurs reprises. Nous étions même convenus de nous rencontrer pour mettre tout cela au clair. Le malheur a voulu ce jour-là que je sois retenu par une affaire importante. J'ai téléphoné à Monsieur votre père pour lui demander de bien vouloir différer notre rendez-vous, mais hélas, lorsque j'ai appelé, il était absent. C'est madame la comtesse qui m'a répondu. Bien que je me sois gardé d'évoquer le motif de notre entrevue, elle n'a évidemment pas été dupe. Quelque scène avec son époux l'avait sans doute avertie des intentions de celui-ci. Dès lors, il n'y avait plus, pour elle, qu'une solution : le faire disparaître avant qu'il n'ait eu le temps de mettre son projet à exécution.

L'AUTEUR

Vous n'allez tout de même pas me faire croire que c'est une femme qui a scié la barre de torsion.

LE NOTAIRE

Évidemment non. Monsieur Robert la Roussette, en amant dévoué, s'est chargé de cette tâche délicate. D'ailleurs, le sabotage était sa partie. En Indochine, il avait servi dans le train. Troubignol, le veilleur de nuit, s'est souvenu que la veille de l'accident, Monsieur Robert était venu discuter avec lui. Un appel téléphonique avait interrompu leur conversation. C'est à ce moment que l'ancien adjudant en a profité pour dérober la clé du garage accrochée au tableau. Deux heures d'interrogatoire et une confrontation entre les deux hommes ont permis de faire aboutir l'enquête. C'est ainsi que tout ce joli monde s'est retrouvé sous les verrous. Madame Clara de la Pétaudière est accusée de l'organisation du crime, monsieur la Roussette de son exécution et Monsieur Georges Dingue-Reville de non-dénonciation. Car, à défaut d'avoir participé lui-même à l'entreprise, il était au courant ce qui revient au même. Somme toute, la justice a quand même fini par triompher. Vous allez maintenant pouvoir reprendre la direction de l'usine.

JULIEN

Je ne suis pas sûr d'en avoir envie.

LE NOTAIRE

Vous voulez dire que… ?

JULIEN

Je repars en Angleterre aujourd'hui même. Je compte m'établir là-bas définitivement.

LE NOTAIRE

Vraiment ?

JULIEN

Je souhaite seulement oublier cette histoire au plus vite.

LE NOTAIRE, *résigné.*

Si vous croyez que c'est mieux ainsi...

JULIEN

J'étais venu vous demander de vous charger de mes affaires.

LE NOTAIRE

Ce sera avec plaisir.

JULIEN

Mon père avait confiance en vous, je crois qu'il avait raison.

LE NOTAIRE

C'est très aimable à vous de vous en souvenir. Vous savez, j'estimais beaucoup monsieur votre père. Il me faisait l'honneur de ne pas me considérer seulement comme son notaire, mais…

L'AUTEUR *le coupe.*

Mais ça, vous l'avez déjà dit au début de la pièce.

LE NOTAIRE *le regarde puis se contente de conclure.*

Voilà.

JULIEN *se lève.*

Merci pour tout ce que vous avez fait.

LE NOTAIRE *se levant à son tour.*

Je vous en prie. Je suis très heureux si j'ai pu vous être utile. *(Il lui tend la main.)* Permettez-moi, monsieur Julien, de vous souhaiter bonne chance.

JULIEN

Merci.

LE NOTAIRE

Ah ! J'allais oublier. Vous permettez ?

Il va à la porte et fait signe à quelqu'un d'entrer. Paraît Céline. Les jeunes gens demeurent un instant interdits.

JULIEN *murmure.*

Céline.

CÉLINE

Julien.

Il se précipite dans les bras l'un de l'autre.

JULIEN

Mon amour. *(Ils s'embrassent.)* Tu es quand même venue.

CÉLINE

Oui Julien.

JULIEN

J'ai eu si peur. Je t'aime, tu sais.

CÉLINE

Moi aussi je t'aime.

JULIEN

Dire que nous avons failli…

CÉLINE

Il ne faut plus y penser.

JULIEN

Si tu savais comme je suis heureux.

CÉLINE

Moi aussi je suis heureuse.

JULIEN

Nous ne nous quitterons plus.

CÉLINE

Non, jamais.

JULIEN

Tout va être beau maintenant.

CÉLINE

Oui. Très beau.

JULIEN

Et nous nous aimerons. Toujours.

CÉLINE

Oui, toujours.

L'AUTEUR *lève les yeux au ciel.*

Quel dialogue !

LE NOTAIRE

Aucune importance. C'est tellement rare de rencontrer l'amour.

L'AUTEUR

Tout cela est d'un mélo !

LE NOTAIRE, *vexé et furieux à la fois.*

Évidemment, vous n'avez aucune sensibilité vous.

L'AUTEUR

Ne confondons pas sensibilité et sensiblerie.

LE NOTAIRE

Regardez-les, comme ils ont l'air heureux. *(L'auteur tourne la tête, boudeur. Le notaire l'apostrophe, furieux.)* Ça vous est égal vous qu'ils soient heureux ?

L'AUTEUR

S'ils savaient, les pauvres…

LE NOTAIRE

Parce que vous croyez qu'ils ne le seront pas toujours ?

L'AUTEUR

Je me contente de savoir qu'ils le sont en ce moment. Pour le reste, je préfère ne pas me poser la question.

LE NOTAIRE

Un monstre, vous êtes un monstre.

Julien et Céline sortent, enlacés.

LE NOTAIRE

Les voilà qui s'en vont, couple fragile et si touchant. *(Il écrase une larme.)* Oh ! C'est trop beau !

L'AUTEUR

N'en faites pas trop, mon vieux. Nous sommes en plein patronage.

LE NOTAIRE *étouffe un sanglot.*

Que voulez-vous, je n'y peux rien, c'est plus fort que moi.

L'AUTEUR

Je vous en prie. *(Il désigne le public auquel il tourne prudemment le dos.)* N'attendez pas qu'ils sifflent.

LE NOTAIRE

Ce n'est pas de ma faute, ces trucs-là ça me donne envie de pleurer.

L'AUTEUR

Allons, allons, remettez-vous, mon vieux. D'ailleurs ce n'est pas si triste, au contraire, tout s'arrange.

LE NOTAIRE

C'est vrai. Pourtant, c'est lorsque tout s'arrange qu'on se sent tout chose. Vous comprenez ça, vous ?

L'AUTEUR

C'est peut-être parce qu'on n'a pas l'habitude.

LE NOTAIRE

Peut-être. *(Il renifle bruyamment et fouille ses poches.)* Zut ! Je n'ai pas de mouchoir. Vous pouvez m'en prêter un ?

L'AUTEUR *fouille ses poches.*

Non, je n'en ai pas sur moi.

LE NOTAIRE

Excusez-moi, je vais en chercher.

Il sort.

L'AUTEUR *a un sourire ambigu.*

Curieux bonhomme. Naïf comme on n'en fait plus. *(Il va s'asseoir à son bureau.)* Après tout, c'est peut-être lui qui a raison. C'est si bon de retomber en enfance quelquefois et de voir la vie en rose. Dire qu'on ne profite jamais de son enfance. On est tellement pressée de la quitter et on la regrette le reste de sa vie. On passe le quart de celle-ci à regarder loin devant et le reste à marcher à reculons. On n'est même pas foutu de vivre au présent.

> *Un temps. Il reste là, prostré dans son fauteuil. Il laisse sa tête rouler : il dort.*

CLARA *entre en trombe.*

Encore en train de dormir.

L'AUTEUR *sursaute.*

Qu'est-ce que c'est ? Vous vous êtes évadés ?

CLARA, *qui ne comprend pas.*

Qu'est-ce que tu racontes ?

L'AUTEUR *réalise.*

Rien. Je pensais à autre chose.

CLARA *raille.*

Tu pensais ? Dis plutôt que tu dormais.

L'AUTEUR, *très digne.*

Pas du tout. Je réfléchissais. *(Il ajoute avec humeur.)* J'avais d'ailleurs demandé qu'on ne me dérange pas.

CLARA

Je te signale qu'il est déjà midi et demi. Si tu ne tiens pas à ce que le rosbif soit calciné, il serait peut-être temps de songer à passer à table.

L'AUTEUR, *vaincu.*

C'est bon, j'arrive.

CLARA

Tu pourras en profiter pour sermonner Dédé.

L'AUTEUR

Qu'est-ce qu'il a encore fait ?

CLARA

En jouant avec ses fléchettes, il a cassé le vase de Chine du salon.

L'AUTEUR *rectifie.*

De faux Chine.

CLARA

Peut-être, mais Dédé ne le savait pas. Enfin, tu feras ce que tu voudras. Après tout, c'était un cadeau de ta mère.

L'AUTEUR

C'est vrai ça. Je vais lui dire deux mots à ce petit saligaud.

CLARA

On passe à table. Nous t'attendons.

Elle sort.

L'AUTEUR

J'arrive. (*Il demeure un instant pensif puis se résigne à sortir. Il soupire, levant les bras au ciel.*) Comment voulez-vous travailler dans des conditions pareilles ?

Il sort, désabusé, referme la porte derrière lui.

RIDEAU

FIN de
VOUS RÊVEZ, MAÎTRE